BASTEI
LÜBBE
TASCHENBUCH

Über den Autor

Patrice Leconte, geboren 1947 in Paris, ist Regisseur und Drehbuchautor. Mit Filmen wie *Die Verlobung des Monsieur Hire* und *Der Mann der Friseuse* erweckte er große Aufmerksamkeit, sein Historienfilm *Ridicule – Von der Lächerlichkeit des Scheins* wurde für den Oscar nominiert. *Heute wegen Glück geschlossen* ist sein Debüt als Romanschriftsteller.

Patrice Leconte

Heute wegen Glück geschlossen

Roman

Aus dem Französischen
von Marie Schmetz

BASTEI LÜBBE
TASCHENBUCH

BASTEI LÜBBE TASCHENBUCH
Band 16922

Dieser Titel ist auch als E-Book erschienen

MIX
Papier aus verantwortungsvollen Quellen
FSC
www.fsc.org
FSC® C083411

Vollständige Taschenbuchausgabe
der bei Ehrenwirth erschienenen Hardcoverausgabe

Titel der französischen Originalausgabe: »Les femmes aux cheveux courts«
Originalverlag: Éditions Albin Michel, Paris

Titelillustration: © shutterstock/Maugli; © shutterstock/vladiwelt
Umschlaggestaltung: Manuela Städele
Innengestaltung und Satz: Christina Krutz, Biebesheim am Rhein
Gesetzt aus der Koch-Antiqua und Lapidary
Druck und Verarbeitung: CPI books GmbH, Leck - Germany
Printed in Germany
ISBN 978-3-404-16922-1

1 3 5 4 2

Ich heiße Thomas. Ich bin ein netter Typ. Ich arbeite in einer Papeterie. Ich bin siebenundzwanzig Jahre alt. Ich mag Frauen mit kurzen Haaren.

Und ich habe noch knapp drei Jahre, um die Frau fürs Leben zu finden.

1

Ich heiße Thomas, ich bin ein netter Typ

Ich mag meinen Vornamen. Obwohl sie mich in der Grundschule und auch später am Gymnasium immer »Thomas Tomate« genannt haben, weil ich wegen allem rot wurde. Aus Wut oder Verlegenheit, immer wurde ich knallrot. Egal wo, egal wann, in der Metro, beim Bäcker, am Postschalter, den Blick der anderen auszuhalten wurde zur Qual. In solchen Momenten war es mir unmöglich, meine normale Gesichtsfarbe zu behalten. Es war beeindruckend: Erst die Ohren, nach wenigen Sekunden das Gesicht, die Wangen natürlich, aber auch die Nase wurde sehr rot, um nicht zu sagen leuchtend rot, wie bei einem Clown. Ich kann mich nicht erinnern, jemals rot geworden zu sein, wenn ich allein war, was beweist, dass man nur deshalb rot wird, weil einen andere anschauen.

Während der Großbrand in meinem Gesicht allmählich erlosch, blieben meine Ohren immer noch sehr lange knallrot, wie aus Trägheit – und ich glaube, die Hälfte meines Lebens habe ich mit roten Ohren verbracht. (Deswegen ist mir der Winter trotz Kälte sympathisch, denn dann sind rote Ohren normal, und man muss nicht befürchten, ausgelacht zu werden.)

»Mach dir keine Sorgen«, sagte meine Mutter, »das liegt daran, dass du so sensibel bist, und das, mein kleiner Tom, ist eine sehr gute Eigenschaft.«

Meine Mutter hat mich nie »Thomas Tomate« genannt (im Gegensatz zu meinem Vater und meiner Schwester, die daran ihre Freude hatten; vor allem meine Schwester, schließlich sind Schwestern kleine Biester, und Väter machen sich immer gerne über einen lustig). Aber Thomas nannte mich meine Mutter auch nicht, für sie war ich immer ihr kleiner Tom, selbst dann noch, als ich sechzehn Jahre alt war und sie um einen Kopf überragte. Man fragt sich, warum Eltern einem bei der Geburt überhaupt einen Vornamen geben, wenn sie ihn später doch nicht benutzen.

Merkwürdig war, dass ich zwar ständig rot wurde, aber in diesen Situationen trotzdem nie ganz die Kontrolle verlor. Die meisten schüchternen Leute fangen ja an, sich zu verhaspeln, wenn sie rot werden. Ich nicht. Ich komme klar. Ich stehe dazu. Ich pfeif drauf. Ich wahre Haltung und lasse mich nicht aus der Ruhe bringen. Ich kann in größeren Runden das Wort ergreifen, zum Beispiel um bei einem Geburtstag oder auf einer Hochzeit nach dem Essen was Nettes zu sagen – zwar rot wie ein Ferrari, aber ohne mich zu versprechen. Selbst wenn ich mich am liebsten unter der Tischdecke verkriechen würde. Allerdings trifft es das »ich stehe dazu« nur so halb, eigentlich müsste ich sagen: Mittlerweile stehe ich dazu. Schließlich kam ich früher überhaupt nicht damit zurecht. Erst nach der Pubertät konnte ich allmählich meinen Frieden mit diesem leidigen Rotwerden schließen. Das fing an, als ich mich bei einer Freundin meiner Mutter für meinen roten Schädel entschuldigen wollte und sie mir plötzlich sagte, nicht nötig, im Gegenteil, das sei charmant. Also habe ich mir gesagt, rot werden ist charmant. Das war mit vierzehn, glaube ich. Allerdings ist es mit fast dreißig Jahren einfach ätzend. Ich frage mich, ob das immer so weitergeht. Kann man mit vierzig rot werden, mit fünfzig, mit sechzig? Werden alte Menschen rot? Das kann ich mir kaum vorstellen: Wer hat denn schon mal einen alten Mann gesehen, der rot wird? Ein alter Herr bleibt vornehm blass, bestimmt auch, weil das Blut in seinen Wangen nicht mehr so gut zirkuliert oder weil er vieles entspannter sieht und ihn die Emotionen nicht mehr so heimsuchen wie früher. Wie auch immer, das wird sich zeigen. Da bin ich noch nicht. Im Moment leb ich noch damit, ich kann's mir nicht aussuchen.

Ich wurde nicht besonders religiös erzogen, aber ich weiß, dass Thomas laut Bibel derjenige ist, »der nur glaubt, was er sieht«, der Ungläubige schlechthin, der Typ, dem man nichts vormacht, also das genaue Gegenteil von mir. Ich glaube gern, was ich nicht sehe, stelle mir vor, dass Träume und das echte Leben keine klar getrennten Welten sind, kurzum, ich bin kein Thomas, wie er sein sollte. Aber halb so wild, im Großen und Ganzen mag ich meinen Vornamen. Auf jeden Fall ist es zu spät, ihn zu ändern, und bestimmt wären meine Eltern gekränkt gewesen, wenn ich ihnen gesagt hätte, so, eigentlich will ich nicht mehr Thomas heißen.

»Papa, Maman, ich hab euch sehr lieb, wir verstehen uns, das Leben ist schön mit euch, ihr habt Humor und seid gut drauf, ich fühle mich geliebt, das Essen ist super, es gibt nichts zu beanstanden, aber ehrlich, einen anderen Vornamen hättet ihr schon für mich aussuchen können.«

Beim Sonntagsessen hätte das wie eine Bombe eingeschlagen. Vermutlich wäre Maman beinahe an einem Hühnerknochen erstickt, den sie dann gerade noch auf ihren Teller hätte spucken können, fassungslos:

»Und das sagst du uns jetzt, nach sechzehn Jahren?! Schau, was du deinem Vater angetan hast!«

Mein Vater wäre auf einen Schlag ganz blass geworden, genauso schnell wie ich rot werde. Jedem seine Farbe.

»Was hast du gegen *Thomas* einzuwenden, Thomas? Weißt du was Besseres?«

»Und wenn du schon damit anfängst, meinst du vielleicht auch, dass deine Schwester Francine nicht mehr Francine heißen sollte?«

Ich hätte meine sprachlose Schwester angeschaut, meine in Tränen aufgelöste Mutter, meinen Vater, der seinen Teller beiseitegeschoben hätte, weil all das ihm den Appetit verdorben hätte, und dann hätte ich beschwichtigend meine beiden Hände gehoben. Mit einem breiten Grinsen im Gesicht.

»Okay, okay, ich wollte euch doch nur ein bisschen ärgern. Als ob ich meinem Namen untreu werden würde! Ich mag ihn sehr und möchte keinen anderen. Ich schwöre euch, das war nur Spaß.«

Ich sehe es vor mir: Meine Schwester atmet auf, meine Mutter trocknet sich mit einer Serviette die Augen, mein Vater zieht seinen Teller wieder zu sich heran, sein Appetit ist auf der Stelle zurückgekehrt.

»Na gut, das klingt schon besser, Spaß war das also ... Na, wir haben es dir abgekauft! Aber pass auf: Wenn du deinem Namen untreu werden willst, dann nennen wir dich bald nur noch *Treulose Tomate*!«

Wir lachen alle aus vollem Hals, Maman steht auf, um das Dessert zu holen, ich räume die Teller ab, und Maman stellt sich auf die Zehenspitzen, um mir einen Kuss zu geben, »mein kleiner Tom«. Dann holt sie den Erdbeerkuchen, den wir trotz seiner allwöchentlichen Wiederkehr alle mögen, und so beenden wir das Essen in bester Stimmung; alle sind zufrieden, und wenn die Stimmung richtig gut ist, gönnt sich Papa ein Gläschen Calvados.

Ende des Intermezzos, das niemals stattgefunden hat und niemals hätte stattfinden können, weil ich Menschen nicht gerne Kummer mache und schon gar nicht meinen Eltern. Das ist der Grund, warum ich denke, dass ich ein netter Typ bin. Der nette Typ, den man auch als wohlerzogen bezeichnen könnte, manchmal sogar als Idioten oder braven Langeweiler. Merkwürdig übrigens, wie es andere zu Sarkasmus verleiten kann, wenn man einfach freundlich ist. Heute Morgen lief ich zum Beispiel mit meinem Freund André den Boulevard entlang. Ich hob einer Mutter den Schnuller auf, den ihr Baby verloren hatte, ein Stückchen weiter lag ein verlassener Handschuh, den ich aufhob und auf ein Fenstersims legte, damit sein Besitzer, wenn er den Verlust bemerkte, sich nicht bücken musste. Wenige Minuten später gab ich einem spanischen Bettler – wir fragten uns, was er ausgerechnet hier machte – fünf Euro. Ich merkte, dass André kurz davor war einzuschreiten, es dann aber doch gut sein ließ:

»Sicherst du dir gerade deinen Platz im Paradies?«

Ich wusste nicht, was ich antworten sollte, das war ja auch keine besonders schlaue Bemerkung. André verzog den Mund zu einem Lächeln, das verriet: »Du gehst mir auf den Geist, aber eigentlich bewundere ich dich. Und außerdem hab ich dich gern.« Und so ist es doch. Über besonders freundliche Menschen macht man sich lustig, aber im Grunde möchte man sein wie sie. Ich finde es toll, mir vorzustellen, wie jemand über mich sagt »So wie er müsste man sein«.

Meine Schwester Francine ist weniger »freundlich im herkömmlichen Sinne« als ich. Allerdings muss man bedenken, dass sie ein Mädchen ist, noch dazu die Jüngere von uns beiden. Folglich glaubt sie manchmal, sie müsse sich wichtigmachen, damit man sie bemerkt und ihr Dasein wahrgenommen wird, obwohl es nicht zu übersehen ist. Aber das liegt an ihrem Alter, man weiß ja, dass das vorübergeht. Und eigentlich ist sie schon in Ordnung, was wohl an Maman liegt; schließlich ist sie eine Frau, von der alle immer sagen, dass sie das Herz auf dem rechten Fleck hat.

Aber genug von meiner Familie.

2

Ich arbeite in einer Papeterie

Wenn eine junge Frau in einer Patisserie eingestellt wird, sagt ihr der Chef, sie könne so viel Kuchen essen wie sie nur wolle. Daraufhin stürzt sich die neue Mitarbeiterin auf die Süßigkeiten, auf Mandelgebäck, Marzipanhörnchen, gezuckerte *Fraises Tagada* und Windbeutel. Das Ergebnis ist eine heftige Magenverstimmung, woraufhin die Mitarbeiterin schon das Bild eines Eclairs mit Schokoladencremefüllung nicht mehr sehen kann, ohne dass ihr leicht übel wird. Nach einiger Zeit legt sich das aber, und am Ende wird sie zur mustergültigen Angestellten, die ihre Ware nicht mehr anrührt. Angeblich soll es so in Patisserien laufen.

Als ich angefangen habe, in der Papeterie *Stylo de Vénus* zu arbeiten, hat sich die Chefin, Madame Capliet, mir gegenüber ganz ähnlich verhalten.

»Warum wollen Sie in meinem Geschäft arbeiten, junger Mann?«

»Na ja, ich habe in Ihrem Schaufenster den Aushang *Wir suchen einen Verkäufer* gesehen, da bin ich halt reingekommen. Und seitdem ich zur Tür rein bin, merke ich, dass dies ein wichtiger Wendepunkt in meinem Leben ist.«

Sie machte große Augen.

»Na, so was! Ein Wendepunkt in Ihrem Leben?«

Das Geschäft war leer, zu dieser Tageszeit war kein einziger Kunde da, und die drei Mitarbeiterinnen der Papeterie, die nichts zu tun hatten, kamen Schritt für Schritt näher, um zu verstehen, was ich sagte. Normalerweise hätte ich spätestens jetzt rot werden müssen, aber nein, keine Spur, das grenzte an ein Wunder, und das Wort ist nicht übertrieben, denn es war wirklich verwunderlich: Nicht das kleinste bisschen Rosa kam zum Vorschein. Als wäre es für mich so selbstverständlich gewesen, auf die Frage von Madame Capliet zu antworten, dass rot werden einfach nicht in Frage kam. Auf jeden Fall blieb ich ungetrübt blass und konnte gelassen antworten:

»Wissen Sie, Madame, die Papeterie ist eine verzauberte Welt, die ich besser kenne als jede andere. Büroartikel haben es mir einfach angetan. Einen Umschlag der passenden Größe in den Händen zu halten macht mich glücklich, genauso wie einen Bleistift ganz fein anzuspitzen, ohne dass die Mine bricht, oder Tinte in verschiedenen Farben auszuprobieren, einen neuen Filzstift über ein jungfräuliches Blatt Papier gleiten zu lassen, eine frische Packung Papier zu öffnen, die ideale Farbe eines Schnellhefters auszusuchen, von einem neuen Füller die Kappe abzunehmen und mich davon faszinieren zu lassen, wie geschmeidig sich seine goldene Feder über das Papier führen lässt, außerdem ...«

Ich hielt kurz inne, um zu überprüfen, ob man mir zuhörte und ob ich überzeugend war oder ob man sich über mich lustig machte. Aber nein, nicht mal den Ansatz von Spott konnte ich in den vier aufmerksamen Gesichtern entdecken. Die Mitarbeiterinnen lächelten und wirkten höchstens ein wenig verblüfft – obwohl es dazu ja wohl keinen Anlass gab, denn was ist merkwürdig daran, wenn jemand Sinn für Büroartikel hat?

»Außerdem?«, fragte Madame Capliet.

»Na ja, alles, alles, was Sie hier haben ... Bis heute Abend, ach was, bis morgen früh könnte ich mich für Papier begeistern, für Formate und Füller, ich war immer schon ...«

»Perfekt«, unterbrach sie mich, »das genügt, ich nehme Sie. Wann können Sie anfangen?«

»Na ja, im Grunde wann Sie wollen. Ich könnte gleich loslegen, das ist kein Problem für mich.«

»Sehr schön, dann also morgen. Bis dahin können Sie sich ja schon etwas im Laden umschauen, um sich mit dem Ort vertraut zu machen und die Sortierung in den Regalen kennenzulernen – und bei dieser Gelegenheit natürlich auch uns vier. Wie Sie feststellen können, werden Sie der einzige Mann in einer Welt von Frauen sein (nebenbei gesagt wird uns das sicher guttun und uns in unserem Klatsch und Tratsch etwas mäßigen). Ich hoffe, das macht Ihnen keine Angst?«

»Aber nein, überhaupt nicht, Madame, im Gegenteil, ich bin gern in weiblicher Gesellschaft.«

(»Ich bin gern in weiblicher Gesellschaft.« Was für ein Trottel muss man sein, um so etwas vor vier Frauen zu sagen, davon drei in meinem Alter, vor allem, wenn man weiß, dass man ständig mir nichts, dir nichts rot wird. Und tatsächlich – ich hatte es ja darauf angelegt – eine leichte Röte ließ nicht lange auf sich warten. Immerhin brannte das Feuer diesmal nicht ganz so stark, verschwand schnell wieder und trug bestimmt dazu bei, dass meine Worte als schüchternes Experiment im Mutigsein verstanden wurden. Mit dieser Art Mut lässt sich zwar nicht immer alles entschuldigen, aber in diesem Moment konnte ich so die Situation retten und vermutlich sogar mein Gesicht wahren.)

»Also dann, hier arbeiten, von links nach rechts, Yvette, Louise und Sandrine. Ich selbst bin Madame Capliet, aber Sie müssen Arlette zu mir sagen. Das ist zwar ein scheußlicher Vorname, da stimme ich Ihnen zu, aber schließlich kann ich nichts dafür, man sucht ihn sich ja nicht aus, oder?«

Ich war kurz davor, ihr von meinen Bedenken und Zweifeln in Bezug auf meinen Vornamen zu erzählen.

Aber dann ließ ich es doch bleiben, weil ich mir dachte, dass bei einer anderen Gelegenheit sicher auch noch Zeit wäre, von besagten Zweifeln zu berichten. Offen und herzlich streckte sie mir die Hand entgegen: »Herzlich willkommen im *Stylo de Vénus*!«

Der Handschlag galt offenbar als Unterzeichnung aller Arbeitsbedingungen. Dabei hatten wir weder über die Bezahlung noch über die Arbeitszeiten gesprochen, aber all das war mir ohnehin egal, es war einer der schönsten Tage in meinem Leben. Erst recht weil Madame Capliet – Arlette kam mir noch nicht so gut über die Lippen, ich würde mich daran gewöhnen müssen – weil Madame Capliet, als ob wir in einer Patisserie wären, hinzufügte:

»Was ganz wichtig ist, Thomas: Wenn Sie Lust haben, einen neuen Füller zu testen, die Geschmeidigkeit einer Feder zu kontrollieren, einen Spitzer auszuprobieren, wenn Sie Terminkalender anschauen möchten oder was auch immer, bitte haben Sie keine Hemmungen. Ich weiß es zu schätzen, wenn ein Mitarbeiter weiß, wovon er spricht. Ich verbiete Ihnen also, Ihre Leidenschaft hier einschlafen zu lassen. Haben wir uns verstanden?«

»Wir haben uns verstanden, Madame Capliet.«

»Arlette.«

»Wir haben uns verstanden, Arlette.«

In den folgenden Tagen, Monaten und Jahren kam es trotz hemmungslosen Genusses zu keiner einzigen

Magenverstimmung. Ich wurde der Schreibwaren nicht im Ansatz überdrüssig, verspürte nicht den Hauch von Routine oder Unzufriedenheit. Nein, ich war glücklich im *Stylo de Vénus*, und ich konnte mir kein angenehmeres Leben als dieses vorstellen.

Wenn ich daran denke, dass mein Vater wollte, dass ich seine Tierarztpraxis übernehme ... Ich verstehe zwar den Wunsch der Väter, dass ihre Kinder weiterführen, was sie selbst begonnen haben. Aber ganz ehrlich, Jahre um Jahre studieren, um zu lernen, wie man Boas, Aras, Vogelspinnen, Goldfische, Hamster, Kühe, Wellensittiche, Pferde, Kaninchen, Pudel und Katzen, eigentlich hauptsächlich Pudel und Katzen verarztet? Nein danke, das ist nichts für mich. Vor allem, weil ich Tiere nicht besonders mag, was sie übrigens merken. Wenn ich bei Leuten bin und es dort einen Hund gibt, kann ich mich darauf verlassen, dass er zu mir kommt. Mit seiner feuchten Nase, seiner sabbernden Schnauze und seinem unerträglichen Gestank. Bis ihn sein Herrchen bei einem dieser bescheuerten Namen zu sich ruft – Rex, Pepper, Rambo oder Daisy. Und immer hinzufügt »Keine Angst, er beißt nicht«. Herrchen werden von ihren Hunden auch nicht gebissen.

Arlette Capliet hat keinen Hund. Sie ist in Ordnung.

Aber genug von Tieren.

Und von der Papeterie.

Zumindest für den Augenblick.

3

Ich mag Frauen mit kurzen Haaren

Schon immer. Ich kann nicht erklären warum. Es ist einfach so. Frauen mit kurzen Haaren faszinieren mich, sie fesseln und bezaubern mich, machen mich verrückt, erregen und betören mich, ziehen mich an und bringen mich völlig durcheinander. Nach Jahren aufmerksamer Beobachtung habe ich ein für alle Mal beschlossen, dass Frauen mit kurzen Haaren schöner sind als andere Frauen. Und mit Frauen meine ich genauso kleine und jugendliche Mädchen wie junge Frauen und Mütter oder Frauen fortgeschrittenen Alters. Im Theater, auf der Straße, in einer Menschenmenge, auf einem Empfang, am Strand, im Einkaufszentrum, am Bahnsteig, im Restaurant, auf dem Flughafen, in der Schwimmhalle, von weitem, bei Nebel, sogar im Dunkeln, egal wo: Frauen mit kurzen Haaren entdecke ich sofort. Es ist, als würden sie mich magnetisch anziehen, wie ein Zauber, ein Geschenk.

Es gibt sehr hübsche Mädchen mit langen Haaren, keine Frage, ich habe auch welche kennengelernt, und ein paarmal bin ich sogar mit ihnen ausgegangen. Aber in meinem tiefsten Innern bin ich davon überzeugt, dass sie schöner gewesen wären, wenn sie den Mut zu einem Kurzhaarschnitt gehabt hätten. Es ist nämlich eine Frage von Mut. Ja: von Mut.

»Warum denn eine Frage von Mut?«, fragt mich André, der meine haarige Passion nie verstanden hat, aber dennoch mein bester Freund ist.

»Darum. Eine Frau, die sich die Haare kurz schneiden lässt, ist eine Frau, die Selbstbewusstsein besitzt und es nicht nötig hat, sich hinter einem vermeintlich femininen Attribut zu verstecken, um sich als Frau zu fühlen. Das liegt ja wohl auf der Hand!«

»Aber wenn es ihr gefällt, lange Haare zu haben?«

»Dann muss sie das selbst wissen. Aber es ist nicht mein Geschmack. Punkt.«

»Und wenn es der Geschmack ihres Freundes ist?«

»Dann muss er das selbst wissen. Jeder nach seiner Façon.«

»Soll ich dir mal was sagen?«

»Nein.«

»Ich sag's dir trotzdem: Du bist besessen und intolerant.«

»Ich? Überhaupt nicht. Was ist deine Lieblingsfarbe?«

»Ich weiß nicht ...«

»Ach komm schon, es gibt ja wohl eine Farbe, die du am liebsten hast!«

»Ähm ... also gut: Blau.«

»Okay. Und verachtest du deshalb Menschen, die Orange lieber mögen? Nein. Und warum? Weil es dasselbe ist! Es ist keine Frage von Besessenheit oder Intoleranz, sondern eine reine Geschmacksfrage. Man kann das nicht vernünftig erklären, und man kann auch nicht darüber streiten, das ist einfach so. Weder du noch ich können daran etwas ändern: Frauen mit kurzen Haaren sind schöner als andere. Sie fühlen sich wohler in ihrer Haut. Sind lustiger. Intelligenter. Außergewöhnlicher. Ich kann es dir beweisen, wenn du willst.«

»Ich höre.«

»Nein. Folge mir.«

Es ist Montag, deshalb muss ich nicht arbeiten, das *Stylo de Vénus* ist montags nämlich geschlossen. Ich blicke auf meine Uhr, lasse das Geld für unsere Getränke auf dem Tisch des Cafés, in dem wir gerade sitzen, stehe auf und flitze los über den Boulevard, gefolgt von André, der nicht weiß, wie ihm geschieht. Denn André ist zwar nett, aber solange er etwas nicht mit eigenen Augen gesehen hat, ist seine Auffassungsgabe manchmal etwas beschränkt. Eigentlich ist er es, der Thomas heißen müsste.

Wir gelangen zu einem großen Gebäude, die Schule Raymond-Sowieso. Es ist zehn vor vier. Wir setzen uns auf eine Bank auf dem Grünstreifen gegenüber vom Ausgang.

»Was machen wir hier?« André wird langsam unruhig.

»Wir warten. In zehn Minuten wirst du zugeben müssen, dass ich recht habe.«

»Sag bitte, dass wir hier keinen Kindern vor der Schule auflauern! Das kann uns teuer zu stehen kommen, weißt du ...«

Flehentlicher Blick zum Himmel, Schulterzucken.

»Sei still. Keine neun Minuten mehr.«

Und tatsächlich klingelt neun Minuten später die Schulglocke und gibt auf dem Schulhof das Ende des Unterrichts bekannt. Die Tore der Schule öffnen sich, und eine fröhliche Truppe Jugendlicher, Jungs und Mädchen, strömt heraus.

»Schau«, sage ich zu André.

»Schau was?«

»Die Mädchen: Sie haben alle lange Haare, weil sie noch in dem Alter sind, in dem sie anderen und vor allem sich selbst beweisen müssen, dass sie schon Frauen sind. Jedenfalls wollen sie unbedingt so aussehen und deshalb die entsprechenden Accessoires haben, unter anderem: lange Haare.«

»Hast du sie noch alle?«

»Hab ich. Du musst dir nur mal angucken, wie sie sich in der Nähe von Jungs verhalten: Wie sie mit dem Po wackeln, wie affektiert sie sind. Wie sie sich in Szene setzen, wenn sie sich eine Chesterfield anzünden, wie Gänse, Hühner, Perlhühner, ein einziger Hühnerstall, der morgens eine Stunde im Bad braucht, nur um sich die Haare zu waschen und zu fönen. Mal ganz abgesehen von dem Geld, das sie da reinstecken: ein Fass ohne Boden.«

»Meinetwegen. Aber was soll das beweisen?«

»Erst mal gar nichts. Aber wenn du etwas genauer hinguckst, wirst du da drüben an der Seite zwei bildhübsche Mädchen entdecken, nicht so zuckersüß, anders, so schlank und lebenslustig. Auf den ersten Blick scheint es purer Zufall zu sein, dass sie Freundinnen sind, aber das ist es natürlich nicht, denn es sind die einzigen Mädchen in dem ganzen Verein, die kurze Haare haben. Sind sie nicht viel schöner als all die anderen Nullachtfünfzehn-Mädchen?«

André guckt, vergleicht und muss schließlich eingestehen: »Stimmt, sie sind wirklich hübsch.«

»Und jetzt schau, wie sie mit den Jungs umgehen. Wackeln sie mit dem Po? Sind sie affektiert? Nicht die Spur. Sie haben das nicht nötig, damit man auf sie aufmerksam wird und sich in sie verliebt. Stell dir vor, wir wären noch Schüler, hier an dieser Schule. Jede Wette, dass wir alles dafür tun würden, um mit den beiden – ich mit der einen und du mit der anderen – auszugehen. Hab ich nicht recht?«

»Ja.«

André kapituliert. Kapiert.

»Hast du außerdem bemerkt, wie sie sich anziehen? Sie sind quasi die Einzigen, die keine Jeans anhaben. Wenn das nicht auch ein Zeichen ihrer Einzigartigkeit ist! Außerdem sind rein zufällig auch die Jungs, die mit ihnen zusammenstehen, diejenigen, die am interessantesten aussehen oder zumindest am wenigsten dämlich. Hundertprozentig sind die Mädels so intelligent, dass sie ihre Lehrer in die Tasche stecken, nur die besten Noten schreiben und mit siebzehn Abitur haben. Da gehen sie. Sollen wir hinterher?«

André, der glaubte, ich wolle ihm ernsthaft vorschlagen, minderjährige Mädchen zu verfolgen, sprang von der Bank auf und entfernte sich, als sei ich der Leibhaftige – in Furcht vor der Hölle und vor allem vor strafrechtlichen Sanktionen.

Grinsend holte ich ihn ein und kostete es noch ein bisschen aus, dass er darauf reingefallen war. Seite an Seite gingen wir den Boulevard zurück zu dem Café, wo wir vor einer Viertelstunde aufgebrochen waren. André war still und in Gedanken versunken. Aufgewühlt durch meine Beweisführung, begutachtete er alle Passantinnen, die uns entgegenkamen, um zu überprüfen, ob sich meine Theorie empirisch bestätigen ließ. Was problemlos möglich war: Erst kam uns auf dem Bürgersteig eine großartige Frau entgegen, die einen äußerst kurzen Haarschnitt von bewundernswerter Einfachheit trug, eine Frau, in die man sich an Ort und Stelle hätte verlieben können. Und dann der Diamant, das i-Tüpfelchen, das Foto einer amerikanischen Schauspielerin auf einem Werbeplakat für eine Kosmetikfirma, natürlich auch sie mit kurzen Haaren – ohnehin schön, aber auf diesem Bild einfach berauschend.

Im Café angekommen, setzten wir uns wieder an unseren Tisch, der frei geblieben war, und bestellten wieder das Gleiche. Nein, doch nicht, André änderte seine Meinung, wollte lieber einen Wodka, um wieder klar denken zu können, wie er sagte. Was deutlich zeigte, wie sehr ihn all das durcheinandergebracht hatte. Ich bestellte dann ebenfalls einen Wodka, um meine siegreiche Beweisführung zu feiern. Wir hoben unsere klaren Gläser für einen klaren Kopf:

»Auf unser Wohl«, sagte André.

»Nein«, sagte ich, »auf das Wohl aller Frauen mit kurzen Haaren!«

Ich kam häufig in dieses Café. Schließlich lag es in meinem Viertel, und in seinem Viertel neigt man schnell zu gewissen Gewohnheiten. Darüber hinaus (und vor allem deshalb) kam ich jedoch her, weil hier seit einiger Zeit eine neue Kellnerin arbeitete, groß, leicht hochmütig, mit dem Gang eines Stelzvogels und einem kantigen Gesicht, aus Russland, glaube ich, und mit ultrakurzen Haaren. Diese Frau war nicht im eigentlichen Sinne schön, zumindest keine klassische Schönheit, aber genau das war es, was mir an ihr gefiel. Ich konnte mich nicht sattsehen an ihr, wobei ich natürlich nicht aufdringlich wurde. Aber auch sie hatte mich bereits nach kurzer Zeit wahrgenommen und lächelte mir oft zu.

Im gleichen Moment, als wir die Gläser erheben, um auf das Wohl aller Frauen mit kurzen Haaren anzustoßen, kommt diese russische Kellnerin, von der ich weiß, dass sie Olga heißt, zur Arbeit. Lächelt. Verschwindet im Raum hinter der Bar. Kehrt zurück in ihrer Arbeitskleidung, schwarze Hose, kurze, leicht taillierte Weste, weiße Bluse, deren oberste drei Knöpfe geöffnet sind, wodurch sich ab und an ein flüchtiger Blick auf den Ansatz ihrer kleinen Brüste ergibt. Ein Meisterwerk. Sie kommt zu uns herüber und stellt fest, dass wir um sechzehn Uhr dreißig Wodka trinken, was für uns ehrlich gesagt eher ungewöhnlich ist.

»Feiern Sie etwas?«, fragt Olga amüsiert.

»Ja, aber ich weiß nicht, ob ich Ihnen sagen kann, was …«

»Nun sagen Sie schon.«

»Wir trinken auf das Wohl aller Frauen mit kurzen Haaren«, sage ich triumphierend.

»Wie originell!« (Oh, diese Art, das r leicht zu rollen …) »Das ist ja ein bisschen, als würden Sie auch auf mein Wohl trinken.«

»Ein bisschen, ja.«

»Ich fühle mich sehr schmeichelnd.«

»*Geschmeichelt*, ich fühle mich sehr *geschmeichelt*.«

»Ach ja, Entschuldigung: *geschmeichelt* … Ihre französische Sprache ist so schwierig.«

Sie ist dann zu anderen Tischen rübergegangen, wo Gäste etwas bestellen wollten. André war beeindruckt und wie ich von ihrem Charme verzaubert.

»Wie findest du sie?«

»Doch, doch, sie hat was ... Kennst du sie schon länger?«

»Ich kenne sie gar nicht. Ich weiß nur, dass sie Olga heißt und seit zwei Monaten hier arbeitet. Und dass es mir seitdem quasi nicht möglich ist, in einem anderen Café etwas trinken zu gehen als in diesem hier.«

»Trotzdem finde ich daran irgendwas merkwürdig: Diese Russin, Olga, also man kann nicht gerade sagen, dass sie eine große Oberweite hätte.«

»Eine große Oberweite war für mich noch nie ein Muss.«

»Sie ist wie ein Mann angezogen.«

»Ja, das steht ihr gut.«

»Also schon an der Grenze zum Androgynen, findest du nicht?«

»Wenn du so willst, ja.«

Er nimmt einen Schluck Wodka und findet:

»Na gut, aber dann frage ich mich doch, ob deine Leidenschaft für Frauen mit kurzen Haaren nicht eigentlich Ausdruck homosexueller Tendenzen ist, die in dir schlummern.«

Er unterstreicht diesen Geistesblitz, der mich vom Hocker hauen soll, mit einem weiteren Schluck, der sein Glas leert, blickt mir mit einem leicht ironischen Lächeln in die Augen und wartet auf meine Reaktion.

»Ja. Du wirst enttäuscht sein, aber das ist für mich kein neuer Gedanke: Ich habe mir diese Frage auch schon oft gestellt. Du hast sicher recht. Aber was soll das ändern?«

»Mmh ... ich weiß nicht ... nichts«, stammelt André verwirrt.

»Hast du Angst, dass ich über dich herfalle?«

André lacht gezwungen – wie immer, wenn er nicht mehr weiß, was er sagen soll. Er fragt mich, ob ich noch ein Glas trinken will, nein danke, schon das eine Glas um diese Uhrzeit fühlt sich ziemlich komisch an.

Wir haben das Thema nie wieder angesprochen. So ist es oft mit André: Er lässt es gut sein. Darum ist er mein Freund. Er trägt nichts nach, macht keine Spielchen. Er mag es klar und einfach. Da sind wir uns ähnlich.

4

Noch knapp drei Jahre

Ich bin jetzt also siebenundzwanzig, seit kurzem erst, und ich habe mir etwas zum Ziel gesetzt: die Frau fürs Leben zu finden, bevor ich dreißig bin. Somit habe ich noch knapp drei Jahre Zeit. Das werde ich schaffen. Was ich mir zum Ziel setze, erreiche ich auch. Wenn nicht, habe ich das Gefühl, ein Versager zu sein.

Zum Beispiel ist es ein Ziel für mich, eine Woche lang keinen Aufzug zu benutzen und stattdessen überall die Treppe zu nehmen, rauf und runter, alles zu Fuß. Und wenn ich mir einmal ein solches Ziel gesetzt habe, kann ich keinen Rückzieher mehr machen. Übrigens mache ich niemals einen Rückzieher. Sonst wäre ich ein Versager, wie schon gesagt.

Nicht nach Hause gehen, bevor ich fünf Frauen mit Kinderwagen gesehen habe. Nicht mehr als zwei Zigaretten am Tag rauchen. Montagmorgens nur kalt duschen. Den ganzen Tag kein einziges Mal Scheiße sagen. Das sind Ziele. Ähnlich wie die Frau fürs Leben finden. Es ist ein Ziel. Schon interessanter, aber ähnlich. Sobald ich die Entscheidung getroffen habe, ist daran nicht mehr zu rütteln. Ich diskutiere nicht darüber, vor allem nicht mit mir selbst. Ich suche nicht nach Kompromissen oder faulen Ausreden: Ein Ziel ist ein Ziel. Punkt.

»Wann wirst du mir einen Enkelsohn schenken?«, fragt mich meine Mutter beim obligatorischen Mittagessen am Sonntag, als wir wie immer in netter Runde zusammensitzen.

»Sobald ich die Mutter dazu gefunden habe, Maman.«

»Lass ihn doch in Ruhe damit«, murrt wie gewöhnlich der Tierarzt, mein Vater.

»Nein, nein, Maman hat recht, das ist wichtig. Und ich verkünde euch hiermit, dass ich heiraten werde.«

»Ach ja?«, stößt meine Mutter hervor. »Wann denn?«

»In drei Jahren.«

»Und wen?«, gluckst meine treulose Schwester Francine.

»Das weiß ich noch nicht. Ich fange morgen an zu suchen.«

»Und du brauchst drei Jahre, um die Mutter meines Enkelsohns zu finden?«

»Vielleicht weniger. Jedenfalls nicht mehr. Aber abgesehen davon: Wer sagt dir, dass es ein Junge wird, wenn ich ein Kind bekomme?«

Meine Mutter starrt mich an, als ob ich ihr gerade die abwegigste aller sonntäglichen Fragen gestellt hätte, als ob es sonnenklar wäre, dass man Söhne bekommt, und als ob sie etwas wüsste, von dem ich noch keine Ahnung habe.

»Wer weiß, vielleicht wird bei deiner Schwester noch vor dir ein Kind vom Himmel fallen …«

»Und wenn schon«, sage ich, »das ist doch kein Wettrennen!«

»*Darauf* kannst du wetten«, meint Francine, »ich lasse dir gerne den Vortritt, ich hab's nicht eilig.«

»Im Übrigen«, wirft mein Vater zwischen zwei Bissen Kartoffelgratin ein, »es heißt nicht: *Ein Kind fällt vom Himmel*. Ein Kind wird niemals vom Himmel fallen. Als hätte man nichts damit zu tun, bis es einem plötzlich vor die Füße fällt. Nein, da fällt gar nichts. Man fällt höchstens vom Pferd, vom Fahrrad, von einer Leiter, vom Dach, die Treppe runter oder in ein Loch rein, das ist in Ordnung, aber ein Kind fällt nicht vom Himmel, nein.«

Er scheint da nicht zum Spaßen aufgelegt. Meine Mutter hat noch nie viel herumdiskutiert, sie hasst Konflikte, vor allem wenn es um Nichtigkeiten geht, das hat sie einfach nicht nötig. Ich erinnere mich nicht, jemals eine laute Streiterei zu Hause mitbekommen zu haben, was bestimmt dem Charakter meiner Mutter zu verdanken ist. Nicht, dass sie sich nicht getraut hätte, den Mund aufzumachen. Sie mag einfach keine Wortgefechte, und es liegt ihr nichts daran, recht oder unrecht zu haben, jemanden zu überzeugen oder nicht. Trotz allem entgegnet sie jetzt vorsichtig:

»Man sagt aber doch: *Wo die Liebe hinfällt* ...«

»Das stimmt, aber da passt es ja auch. Wo die Liebe hinfällt, da fällt man mitunter tief ... und bricht sich das Genick.«

Keiner sagt etwas, eine leichte Unruhe macht sich breit, und mein Vater beeilt sich zu versichern:

»Ich sage nicht, dass das für uns gilt, Liebes, ich hatte noch nie das Gefühl, dass du mir das Genick brichst. Höchstens das Herz. Ist noch etwas von der Keule da?«

Erleichterung. Francine holt die Keule aus der Küche. Woraufhin sich alle noch etwas nehmen, denn sie ist wirklich köstlich und zart. Schließlich ist es ein perfekter Sonntag.

»Das ist sowieso alles egal«, seufzt meine Mutter. »Ich werde meine Enkelkinder doch niemals zu Gesicht bekommen.«

»Aber warum sagst du das, Maman?«

»Das weißt du genau.«

Ja, ich wusste es genau, wir alle wussten es genau, aber kurz hatte ich gehofft, es sei vorüber: Seit Jahren war meine Mutter der Überzeugung, sie erlebe gerade ihre letzte Woche. Und das, obwohl es um ihre Gesundheit keineswegs schlecht stand, im Gegenteil, sie strotzte nur so vor Lebenskraft, und ich hatte sie bislang weder krank erlebt noch jemals mitbekommen, dass ihr etwas wehtat. Außerdem war sie ziemlich ausgeglichen. Bis auf diese merkwürdige fixe Idee, die der Grund dafür war, dass sie sich jeden Montagmorgen beim Aufstehen einredete, schon am nächsten Montag nicht mehr da zu sein oder sogar noch diesen Montagabend nicht mehr zu erleben. Daher war es ihr wichtig, alles möglichst intensiv zu genießen – selbst wenn das manchmal hieß, das eine oder andere Verbot zu überschreiten. Zum Beispiel fuhr sie immer schneller als erlaubt, nicht, weil sie sich umbringen wollte, sondern einfach, weil sie es nicht mochte, im vorgeschriebenen Tempo dahinzuschleichen. Den Opel Astra behandelte sie folglich nicht allzu schonend – was meinem Vater aber vollkommen schnuppe war, weil er ohnehin keine Autos mochte. Das Lustigste war aber, dass sie trotz ihres Fahrstils noch kein einziges Mal von einem Radar geblitzt worden war. Was sie sehr bedauerte:

»Wenn ich daran denke, dass ich noch so viele Punkte verballern könnte, bevor ich sterbe ...«

Niemand unternahm mehr etwas dagegen, weder einer von uns dreien noch ihre Freundinnen, nein, wir ließen ihr ihr Unglück. Und in gewisser Weise bewirkte dieser zwanghafte und düstere Pessimismus bei ihr sogar einen unerschöpflichen Lebenshunger, der sie jeden Augenblick auskosten ließ, als sei es ihr letzter. Zum Beispiel konnte sie sich für alles schnell begeistern, und sie verschob nichts auf den nächsten Tag – aus Angst, sie würde ihn nicht mehr erleben. Ich beneidete sie darum; schließlich verbrachte ich die meiste Zeit damit, an die Zukunft zu denken, Pläne zu schmieden und mir Ziele für später zu setzen – wie etwa innerhalb der nächsten drei Jahre die Frau fürs Leben zu finden.

»Hör zu, Maman, wenn du möchtest, beeile ich mich. Ich suche mir eine tolle Frau, heirate sie, und noch in der Hochzeitsnacht zeugen wir ein Kind. Wenn sie einverstanden ist, sogar schon vorher. Mit ein bisschen Glück kommt das Kind dann vielleicht etwas früher als üblich, und in null Komma nichts bist du Großmutter!«

Sie schüttelt den Kopf. Keine Chance.

»Und all das in dieser Woche? Ach, mir zuliebe musst du dir keinen Stress machen. Ich komme schon klar.«

Sie steht auf, es ist Zeit für den Erdbeerkuchen. Francine wirft mir einen Blick zu, der sagt »gib's auf«, während mein Vater mir mit einem Lächeln zu verstehen gibt, dass ich das alles nicht zu ernst nehmen soll. Wir holen die Dessertteller, und meine Mutter kommt nicht mit einem Erdbeerkuchen, sondern mit einer Praliné-Schokoladen-Baiser-Torte zurück, die sie auf den Tisch stellt.

»Ich hatte mal Lust auf was anderes und dachte mir, wenn ich den Kuchen heute nicht probiere, probiere ich ihn vielleicht gar nicht mehr.«

Wieder die gleichen Grimassen und Gesten meiner

Schwester und meines Vaters, die diesen hartnäckigen und fröhlichen Pessimismus seit einer Ewigkeit kennen.

»Wie läuft es denn bei euch im Geschäft?«, fragt mich mein Vater, der mittlerweile akzeptiert hat, dass ich in einer Papeterie arbeite.

»Super.«

»Hast du Kollegen?«

Ich berichte ihnen von meinen drei Kolleginnen, von Madame Capliet, die möchte, dass ich sie Arlette nenne, von den Kunden, die ...

»Das heißt also, du bist der einzige Mann unter vier Frauen?«, unterbricht mich mein Vater. »Wie sind sie denn so, deine Kolleginnen?«

»Nicht schlecht. Nett.«

»Hübsch?«

»Auch das.«

»Dann hast du also die Qual der Wahl.«

»Äh ja, könnte man sagen ... Allerdings weiß ich nicht, ob die Frau fürs Leben unbedingt eine Arbeitskollegin sein sollte.«

»Schau dich doch erst mal in deiner Umgebung um, bevor du dich am anderen Ende der Welt auf die Suche machst. Nur um sicherzugehen.«

Das Wort zum Sonntag war gesprochen. Mein Vater musste dann arbeiten, die Post erledigen oder so etwas, ich weiß nicht mehr. Ich selbst habe Francine dabei geholfen, einen Aufsatz für die Schule fertigzuschreiben, während Maman den Tisch abdeckte und das Geschirr in die Spülmaschine räumte. Sie hatte einen wahnsinnigen Spaß daran, schließlich hielt sie es für das letzte Mal in ihrem Leben.

5

Ein besonderer Tag

Heute hat André Geburtstag. Ich werde ihm ein *Cochon d'Inde*, ein Meerschweinchen, schenken, das seinem französischen Namen nach aus Indien stammt. Da er schon so lange davon redet, nach Bombay zu reisen, will ich ihm einen kleinen Vorgeschmack gönnen.

Seinen Geburtstag feiert André jedes Jahr mit einer riesigen Party bei sich zu Hause. Er arbeitet nicht. Er hat noch nie gearbeitet. Sein Vater hat eine Fotoautomaten-Kette gegründet, hat Automaten in ganz Frankreich aufgestellt, 7800 Automaten, mit denen sich Porträtfotos machen lassen – so eine Art Monopol. Und als seine Eltern in einem Sommerurlaub beim Baden in der Loire ertrunken sind, hat André das ganze Unternehmen geerbt. Kompetente Leute kümmern sich an seiner Stelle um alles, wie sie es auch schon zu Lebzeiten seines Vaters getan hatten. André muss nichts tun, außer Überweisungen auf sein Bankkonto zu bestätigen. Und es ist nicht davon auszugehen, dass sich daran etwas ändern wird, denn Passfotos wird man immer brauchen, ebenso wie Fotos für den Schulausweis, für amtliche Formulare etc. Kurzum, wie André sagt, »jedes Mal, wenn das kleine Vögelchen herauskommt, bin eigentlich ich derjenige, der Grund zur Freude hat«. Er lebt in der Wohnung seiner Eltern, das heißt in ihrer alten Wohnung. Und weil sie nicht mehr da sind, ist es sehr geräumig dort, vor allem da er alle Möbel verkauft hat, die er nicht gebrauchen kann. Die Wohnung ist wirklich riesig, und sie ist leer, man könnte dort Rollschuh laufen. Zumindest kann André deshalb zu seinem Geburtstag die halbe Stadt einladen. Außerdem wird aus diesem Grund auch ausreichend Platz für ein Meerschweinchen vorhanden sein, wenn die Partygäste wieder verschwunden sind.

Ich werde also am späten Vormittag in meiner Mittagspause für meinen Freund André ein Meerschweinchen besorgen.

Als ich aus der Metro aussteige und den Weg zur Papeterie einschlage, laufe ich einer hübschen Frau in die Arme, die einen kleinen Jungen an der Hand hält. Sie erkennt mich. Ich sie nicht.

»Thomas! Das gibt es doch gar nicht! Was für eine Überraschung!«

»Äh ja, ich ... Damit hätte ich jetzt ja auch nicht gerechnet, dass ...«

Ich versuche, Zeit zu gewinnen. Ich weiß, dass ich sie kenne, dass ich sie kannte. Aber woher? Wann? Duzen wir uns? Wie heißt sie? Es bringt mich noch ins Grab, dass ich kein besseres Personengedächtnis habe.

»*¿Qué tal?*«, fragt sie mich lachend.

Richtig, Gott sei Dank, ich hab's, wir hatten Spanisch zusammen! Zu einer Zeit, als ich noch dachte, man müsse unbedingt in Madrid leben. Aber gut, das ist passé. Nach dem Kurs haben wir oft noch zusammen Kaffee getrunken und uns einen Spaß daraus gemacht, uns nur auf Spanisch zu unterhalten. Da unser Niveau erbärmlich war, verstand keiner, was der andere sagte. Das war vor acht oder zehn Jahren, jetzt erinnere ich mich an alles, sogar daran, dass sie Laurence heißt.

»Laurence! Unglaublich, das ist wirklich lustig. Ist der von dir, der kleine Mann hier?«

»Ja, das ist Félix.«

»Du hast dich verändert.«

»Nicht zum Guten?«

»Doch ... klar ... Du siehst super aus.«

Im Grunde bin ich fassungslos: Das Mädchen aus meinem Spanischkurs hatte mittellange Haare gehabt, die sie sich ständig mit einer hastigen Bewegung nach vorne ins Gesicht strich, um sich besser zu verstecken. Ich hatte niemals wirklich ihr Gesicht sehen können, und es war unmöglich gewesen zu erkennen, ob sie hübsch war oder nicht. Und was sehe ich heute: Einen fantastischen Kurzhaarschnitt, der ihr engelhaftes Gesicht voll zur Geltung bringt, und ein Lächeln zum Dahinschmelzen. Laurence ist bezaubernd.

»Es scheint dich zu verunsichern, mich wiederzusehen.«

»Ja. Ein bisschen.«

»Das kenne ich. Ich finde es auch immer seltsam, plötzlich jemanden zu treffen, mit dem man nicht gerechnet hat. Weißt du was, für mich hat sich unser Kurs am Ende wirklich gelohnt: Ich habe einen Spanier geheiratet. Darum heißt Félix auch Félix. Und du, was machst du hier im Viertel?«

»Ich arbeite dort drüben.«

Ich zeige auf die Außenfront des *Stylo de Vénus*, wo Louise gerade die Rollläden hochzieht, während Sandrine und Yvette den Drehständer mit den Postkarten nach draußen bringen.

»Nein, wirklich? Auch das noch, das ist ja unglaublich!«

»Was soll denn daran unglaublich sein?«

»Dass ich genau dorthin will, um für meinen Mann einen Füller zu kaufen. Er hat Geburtstag.«

Gemeinsam betreten wir das Geschäft, mit Félix in unserer Mitte, der jedem eine Hand gibt, man hätte uns für seine Eltern halten können. Meine drei Kolleginnen machen erstaunte Gesichter, ich begrüße sie rasch und stelle alle einander vor, um jedem Missverständnis vorzubeugen – auch wenn es ein angenehmes Missverständnis gewesen wäre. Ich wäre gerne der Ehemann von Laurence gewesen und der Vater von Félix, der für meine Mutter noch vor ihrem Tod am Ende der Woche ein Enkelsohn hätte sein können.

»Laurence, eine Freundin, die ich gerade wiedergetroffen habe und die ihrem Mann gerne einen Füller schenken möchte.«

»An welche Art Füller haben Sie denn gedacht?«, fragt Yvette.

»Lassen Sie nur, Yvette, ich kümmere mich schon drum.«

»Ach ja, natürlich, wie dumm von mir, Sie kennen sich ja ...«

Hinter uns brechen die drei in lautloses Gelächter aus und wechseln vielsagende Blicke, überzeugt davon, dass eine verheiratete Freundin notwendig eine Verflossene sein muss. Schön wär's gewesen, aber da war nichts zwischen uns, denn hinter ihrem strähnigen Schutzschild hatte ich nicht erkennen können, wie hübsch Laurence war. Hätte ich sie damals nur richtig angesehen, wäre vielleicht ich es, der sie geheiratet hätte, und heute der glücklichste Mann auf Erden.

Sie möchte einen Federfüller, klassisch und elegant. Ich zeige ihr verschiedene Modelle, die sie nacheinander in die Hand nimmt und mit denen sie je ein paar Wörter schreibt. Mit einem sanften Schwung in den Hüften steht sie dabei so über den Vitrinentisch gebeugt, dass ihr Dekolleté ansatzweise sichtbar wird. Ich glaube nicht, dass das reiner Zufall ist. Wir stehen dicht beieinander, und für mich hätte das noch Stunden dauern können. Sie riecht auch gut.

»Ich werde diesen hier nehmen«, sagt sie, als sie sich wieder aufrichtet.

Ohne langes Zögern hat sie den schönsten ausgewählt, meinen Lieblingsfüller. Wie gerne hätte ich ihn von ihr geschenkt bekommen, wenn ich ihr Mann gewesen wäre. Sie lässt den Füller als Geschenk einpacken, was natürlich Louise übernimmt, die Königin im Geschenkeverpacken. Sie bezahlt, gibt mir einen kurzen Abschiedskuss, und mit einem letzten »*Adiós*« in Erinnerung an die gute alte Zeit verlässt sie den Laden, den soeben Madame Capliet betritt.

»Hübsche Kundin, oder?«, meint diese und schaut Laurence hinterher, die den Boulevard hinuntergeht.

»Ja«, sage ich, »sehr.«

Ein letzter Hauch ihres Parfüms hängt noch im Geschäft.

Offenbar muss ich höllisch aufpassen: Ich hatte Laurence zu einer Zeit gekannt, als ihr die Haare ins Gesicht fielen, ich hatte nichts Tolles an ihr entdecken können, und ich hatte mich schwer getäuscht. Aber wie soll man ahnen, dass sich aus einem ganz normalen Mädchen eines Tages ein derartiges Prachtstück entwickeln wird? Wie kann man sich sicher sein, dass so etwas passiert? Und was, wenn man sich irrt? Wenn sie dann doch kein

Prachtstück wird? Ich fühle mich nicht imstande, auf ein Mädchen zu setzen, das nur unter Umständen eines Tages so aufblühen wird. Ich brauche ein fertiges Mädchen, das schon in voller Blüte steht. Dann geschieht es mir wohl recht, wenn mir aufgrund mangelnder Vorstellungskraft Adèle, Madeleine, Caroline, Claire und Valérie genauso durch die Lappen gehen, wie mir Laurence durch die Lappen gegangen ist. Der Haken daran: Bei einem fertigen Mädchen steigt die Wahrscheinlichkeit, dass sie bereits vergeben ist. Weil sie schon ein anderer Typ geschnappt hat. Wir werden sehen. Bloß nicht vorschnell aufgeben (sonst habe ich keine Chance auf den Hauptgewinn). Aber auch nicht zu kritisch sein (sonst besteht das Risiko, dass ich leer ausgehe). Also weder aufgeben noch zu kritisch sein. Einfach am Ball bleiben. Wie die anderen. Und dran glauben. Einfach dran glauben, verdammt noch mal.

Gleich zu Beginn der Mittagspause machte ich mich wie geplant zum Seineufer auf, um dort ein Meerschweinchen für André zu erstehen. »Angora oder kein Angora?«, wollte der Verkäufer wissen, ich sagte »kein Angora«; auf seine nächste Frage »Trikolore?« runzelte ich nur hilflos die Stirn. Daraufhin erklärte er mir ausführlich, dass Meerschweinchen à la Trikolore nicht etwa in den Nationalfarben blau-weiß-rot gestreift, sondern im Allgemeinen weiß-braun-schwarz gefleckt sind, dass dies sehr hübsch sei und aufregender als einfarbig.

»Obwohl das natürlich vom Geschmack abhängt, das müssen Sie sich selbst anschauen.« Er führte mich zu einem großen Käfig, wo ich mir eins aussuchen konnte.

Neben dem Käfig stand ein kleines Mädchen von sieben oder acht Jahren und betrachtete die Meerschweinchen à la Trikolore und nicht Angora. Zierlich in einem weißen Kleidchen, in Sandalen, mit den großen schwarzen Augen einer spanischen Schauspielerin und vor allem mit sehr kurzen und sehr brauen Haaren, die toll bei ihr aussahen. Sie machte ein ernstes und konzentriertes Gesicht. Sie rührte mich, ohne dass ich genau sagen konnte, warum. Vielleicht wegen ihres ernsten Gesichtsausdrucks. Und dann natürlich wegen ihrer Frisur. Später, wenn ich Kinder habe, Mädchen natürlich, werden sie die Haare tragen wie sie.

»Ich muss einem Freund zum Geburtstag ein Meerschweinchen kaufen, aber ich weiß nicht, welches ich nehmen soll.«

Seelenruhig, ohne zu zögern und ohne mir groß Beachtung zu schenken, zeigte das kleine Mädchen mit den kurzen Haaren auf eins der Tiere:

»Dieses dort.«

»Warum dieses?«

»Weil es freundlich aussieht.«

»Sehr gut. Also dieses dort. Lass es ja nicht aus den Augen, ich hole den Verkäufer.«

»Ihr Freund hat es gut, dass Sie ihm ein Meerschweinchen schenken.«

»Hast du keine Tiere zu Hause?«

»Nein. Meine Eltern sind dagegen.«

»Dann musst du wohl warten, bis du groß bist.«

»Ja. Ich weiß. Aber das dauert so lang.«

Von wegen, es dauert leider überhaupt nicht lang, bis man groß ist, hätte ich ihr am liebsten geantwortet. Es geht viel zu schnell, dauert so kurz und passiert viel zu früh. Manchmal frage ich mich, ob nicht alles immer viel zu früh passiert.

Wenig später bezahlte ich meine Einkäufe: das Futter für das Meerschweinchen à la Trikolore, eine Transportbox, einen Käfig und außerdem für die Papeterie vier Goldfische, ein kleines Aquarium und Daphnien als Futter. Obwohl ich eigentlich kein Getier mag, hatte ich heute Lust, Tiere zu verschenken.

Das kleine Mädchen war mittlerweile an die Seite seiner Mutter zurückgekehrt, die die Wellensittiche betrachtete und einen kleinen Jungen im Arm hielt: eine schöne junge Mutter, natürlich, normal, die zwar keine Tiere im Haus haben wollte (wie hätte ich sie als abtrünniger Sohn eines Tierarztes dafür verurteilen können?), dafür aber die gleichen kurzen Haare wie ihre Tochter hatte, die gleiche zierliche Figur, die gleiche Körperhaltung. Wie die perfekte Kopie, ein getreues Abbild, die erwachsene Version, eben die Version der Mutter, ihre Ähnlichkeit war verblüffend. Ich wäre gerne so alt wie das kleine Mädchen gewesen, dann wäre ich ihr Verehrer und würde ihre Mutter am Schultor bewundern. Ihre

Mutter, die sich gerade von den Wellensittichen abwandte, zum Ausgang ging und dabei ihren Nachwuchs mit sich zog, der von Tieren im heimischen Käfig träumte.

»Hundertachtundzwanzig Euro«, verkündete mir der Verkäufer, ohne zu ahnen, dass er mich damit mit einem Schlag ins echte Leben zurückholte, mir mein Alter vor Augen führte, die Vergänglichkeit, den Wert von Gegenständen und meine Mittagspause, die bald zu Ende sein würde.

Madame Capliet war begeistert von den Fischen. Genauso die Mädchen.

»Was für eine fabelhafte Idee, Thomas, das wird toll aussehen auf der Theke! Wie sollen wir sie nennen?«

»Ganz einfach, wir nennen sie wie Sie: Arlette, Yvette, Louise und Sandrine.«

Ich hatte vier Fische mit unterschiedlichen Mustern ausgesucht, sodass man sie auseinanderhalten konnte. Die Verkäuferinnen und Madame Capliet standen aufgeregt um das Aquarium herum und waren so damit beschäftigt, die Fische untereinander zuzuteilen, dass niemand auf die gekränkte Dame achtete, die völlig im Stich gelassen mitten im Laden stand und wartete. Eine Kundin, um die sich niemand kümmerte, weil sich die drei Verkäuferinnen und der Verkäufer des Schreibwarenladens vorübergehend für anderes als für Schreibwaren interessierten. Eine Kundin, die schließlich mit hoher Stimme fragte:

»Gibt es hier Schutzumschläge?«

Was uns wie eine kalte Dusche erwischte. Für einen Moment überließen wir die fischigen Namenscousinen ihrem Schicksal und bemühten uns zu viert, sogar zu fünft mit Madame Capliet, dem Wunsch nach Schutzumschlägen nachzukommen und die Kundin zufriedenzustellen. Sicher hatte sie noch nie zuvor erlebt, dass man sich beim Kauf eines eigentlich recht banalen Artikels so zahlreich um sie kümmerte.

Als die Kundin mit einem marineblauen Schutzumschlag unter dem Arm gegangen war, widmeten wir uns wieder den Fischen, und in wenigen Sekunden war die Sache beschlossen.

»Aber was ist mit Ihnen, Thomas, haben Sie keinen Fisch?«

»Ich ... Das ist unmöglich.«

»Ach, kommen Sie, warum?«

»Es ist ... Ich kann nicht schwimmen.«

Gelächter der Verkäuferinnen, Stirnrunzeln von Madame Capliet, die das Geschäft gleich am nächsten Morgen mit einer Plastiktüte betrat, die sie über dem Aquarium ausleerte. Damit war die kleine Familie um einen fünften Fisch größer, um meinen also.

»Ich darf Ihnen Thomas vorstellen. Gefällt er Ihnen?«

»Sehr. Haben Sie vielen Dank.«

»Mir gefällt er auch. Es war ganz schön langweilig ohne Sie. Und davon abgesehen müssen Sie zugeben, dass Sie sich für jemanden, der eigentlich nicht schwimmen kann, gar nicht so dumm anstellen, oder?«

In der Tat. Mein Fisch kam gut zurecht in der Wasserwelt, was an sich auch kaum erstaunlich war. Wie hätte man sich auch einen Fisch vorzustellen, der nicht schwimmen kann, oder noch einfacher, einen Fisch, der nicht supergut schwimmen kann? Gibt es Vögel, die besser fliegen als andere? Gibt es Katzen, die besser auf ihren Pfoten landen können? Sind alle Affen gleichermaßen geschickt darin, sich von einem Ast zum anderen zu schwingen? Was ist, wenn einige Tiere tatsächlich talentierter sind als andere? Lassen die Begünstigten dann protzig ihre Muskeln spielen, während die Benachteiligten sich schmollend verkriechen? Bei einem der nächsten Mittagessen muss ich meinem Vater diese Fragen stellen. Allerdings wird er mir bloß antworten: »Was interessiert dich das denn? Du magst doch sowieso keine Tiere.« Ich kann's also auch bleiben lassen.

Der Lärm, der aus Andrés Wohnung herausdröhnt, nimmt mit jeder Etage zu, die der Aufzug nach oben fährt. Ein Mix aus orientalischer Musik, Stimmengewirr und dem Lachen von Frauen. André öffnet mir. Ich überreiche ihm das Meerschweinchen und sage »herzlichen Glückwunsch«, er sieht erfreut aus, aber nicht gerade überrascht, denn – und das ist wirklich kaum zu glauben, wenn man das Wahrscheinlichkeitsgesetz berücksichtigt – zwei andere Gäste hatten dieselbe Idee wie ich.

»Wie ulkig, du bist der dritte. Komm, wir bringen es nach hinten zu den anderen, dann langweilen die sich wenigstens nicht.«

Wir durchqueren die große und von allen unnützen Möbeln befreite Wohnung, in der sich die Gäste bereits ordentlich zu amüsieren scheinen. Die beiden anderen Meerschweinchen sind Angoras und ziemlich hässlich, was wieder Wasser auf die Mühlen meiner haarigen Passion ist: Selbst bei den Tieren ist das kurze Fell hübscher.

Ich kenne nur wenige auf dieser Geburtstagsfeier, die Freunde meines Freundes sind nicht unbedingt meine Freunde, vor allem kennt André eine Menge Leute. Er bändelt schnell an, ist flatterhaft, verliert sein Herz an jemanden und verknallt sich. Die Partys bei ihm sind also immer eine gute Gelegenheit, jemanden kennenzulernen. Und tatsächlich, ich bin noch keine Viertelstunde da, als man mir eine Frau vorstellt, die mir schon beim Reinkommen aufgefallen war, weil sie hier, abgesehen von meinem Geschenk für André, die kürzesten Haare hat. Wirklich sehr kurz. Und sehr braun. Wie eine Südamerikanerin. Vielleicht ist sie Brasilianerin. Nein, sie spricht vollkommen akzentfrei.

»Guten Abend«, sage ich, »schön, Sie kennenzulernen, Sie sind mir nämlich schon beim Reinkommen aufgefallen, wegen Ihrer Frisur, sie steht Ihnen sehr gut.«

»Danke. Wie lustig, dass Sie mich darauf ansprechen, denn ich hatte mein ganzes Leben nur lange Haare. Erst heute Nachmittag habe ich beschlossen, sie abzuschneiden.«

»Wirklich? Sie haben die kurzen Haare erst seit heute Nachmittag? Unglaublich.«

»Warum ist das unglaublich?«

»Ach, schon gut ...«

»Doch, das interessiert mich.«

»Also gut, es ist so, ich habe eine Theorie über kurze Haare. Im Grunde ist es keine Theorie, es ist bloß das Ergebnis meiner Beobachtungen.«

»Sie beobachten Frauen, die kurze Haare tragen?«

»Ja. Die ganze Zeit.«

»Und die anderen nicht?«

»Doch. Auch. Aber weniger.«

»Und? Was beobachten Sie?«

»Folgendes: Ich war mir sicher, dass ich eine Frau, die sich die Haare erst gerade hat abschneiden lassen, zuverlässig von denjenigen unterscheiden kann, die sie schon seit langer Zeit kurz tragen.«

Auf dem Gesicht der Brasilianerin, die keine ist, zeigt sich ein flüchtiges fragend-zweifelndes Lächeln, das ihr ebenso gut steht wie ihr Haarschnitt und mich ermutigt weiterzusprechen:

»Sie treten anders auf. Diejenigen, für die es neu ist, sehen aus, als wollten sie zum Aufstand aufrufen und Farbe bekennen, allerdings mischen sich dabei Farben von Unverfrorenheit und Scham. Als ob sie stolz wären, es getan zu haben, sich aber ihrer Entscheidung noch nicht ganz sicher sind. Aber da haben Sie's, ich liege total daneben mit meiner Theorie, denn als ich Sie gesehen habe, war ich mir sicher, dass Sie schon immer kurze Haare haben und nicht gerade erst vom Friseur kommen. Bei Ihnen hat es jedenfalls gut geklappt: Sie sehen toll aus.«

»Danke für das Kompliment, das ist sehr nett. Lustig war, dass ich fünf Friseure aufsuchen musste, bevor ich einen fand, der bereit war, mir die Haare abzuschneiden. Alle anderen glaubten anscheinend, ich sei verrückt, würde mich für Jeanne d'Arc oder sonst wen halten. Auf jeden Fall wollten sie nicht das Risiko eingehen, mich zu verunstalten.«

»Wie sind denn die Reaktionen der Leute, die Sie schon vorher kannten?«

»So lala. Aber das ist mir egal, mir gefällt's. Mein Mann findet's nicht so toll, und mein Sohn sagt, dass ich jetzt weniger mütterlich aussehe als vorher, aber was soll's, so ist das eben.«

Ein Mann kam zu uns herüber, ihr Ehemann, Vertragshändler bei Audi, wie ich kurz darauf erfuhr. Er reichte ihr ein Glas Wein und mir die Hand.

»Gerade sagte ich zu Ihrer Frau, dass ihr dieser Haarschnitt fantastisch steht.«

»Für mich war es trotzdem ein Schock.«

»Aber mal ganz ehrlich, finden Sie nicht, dass sie viel

besser aussieht und viel mehr Individualität ausstrahlt als all die anderen Frauen, die heute Abend hier sind?«

Er warf einen prüfenden Blick in die Runde.

»Das stimmt schon. Ich muss mich einfach noch daran gewöhnen.«

Mit erhobenem Zeigefinger und scharfer Stimme erklärte ich ihm beinahe drohend (aber drohend womit?):

»Sie wissen gar nicht, was für ein Glück Sie haben.«

Dann drehte ich mich auf dem Absatz um und ging zum Büfett, was komplett bescheuert war, weil ich mich gerne noch länger mit ihr unterhalten hätte. Mit ihr, ja, aber nicht mit ihrem Mann, denn mit Autos kenne ich mich ebenso wenig aus wie er sich mit Haaren.

Das wirklich Wichtige am Abend dieses Tages war: Mehr als je zuvor hegte ich die absolute, unerschütterliche, endgültige Gewissheit, dass meine Frau fürs Leben kurze Haare haben würde.

Seltsamerweise waren alle Frauen, die ich heute getroffen hatte und die ich praktisch vom Fleck weg hätte heiraten können – als ob sie sich abgesprochen hätten – schon verheiratet, Mutter oder viel (und zwar sehr viel) zu jung.

Ich musste also eine in meinem Alter finden, noch dazu frei und ungebunden.

6

Meine Kolleginnen

»Schau dich erst mal in deiner Umgebung um, bevor du woanders suchst«, hatte mir mein Vater gesagt. Das war simpel, aber nicht dumm. In meiner Umgebung gab es:

Madame Capliet, gutaussehend, elegant, gepflegt, verführerisch, aber eindeutig zu alt für mich. (Wie alt mochte sie sein? Fünfzig? Älter? Jünger? Schwer zu sagen. Jedenfalls nach wie vor eine schöne Frau.) Zudem war sie sicherlich verheiratet, aber ob verheiratet oder nicht spielte auch keine Rolle, denn Arlette Capliet entsprach nicht der Vorstellung, die ich von meiner Frau fürs Leben hatte, trotz aller Hochachtung und Bewunderung, die ich ihr entgegenbrachte.

»Gibt es einen Monsieur Capliet?«, fragte ich eines Morgens die Mädchen, bevor Madame Capliet ins Geschäft kam.

»Natürlich«, sagte Yvette. »Léon Capliet.«

»Man bekommt ihn nie zu Gesicht«, meinte ich.

»Nein«, erwiderte Louise, »er kommt nicht her. Wir wissen, dass es ihn gibt, aber wir haben ihn noch nie gesehen.«

»Trotzdem müssen wir Ihnen etwas erzählen«, ergänzte Sandrine. »Stellen Sie sich vor, Monsieur Capliet hat bei einer Versicherung gearbeitet, und Madame Capliet war Hausfrau. Monsieur Capliet spielte jede Woche Lotto, und vor zehn oder zwölf Jahren gewann er den Jackpot, eine enorme Summe, ich erinnere mich nicht mehr wie viel, es war viel. Im Endeffekt hat er gleich am nächsten Morgen bei der Versicherung gekündigt, um sich von nun an seiner einzigen Leidenschaft zu widmen: Modelleisenbahnen. Er muss bei sich daheim ein weltweit einzigartiges Streckennetz aufgebaut haben, ob wirklich weltweit weiß ich nicht, aber es muss ziemlich groß sein. Im Endeffekt hatte Madame Capliet das Gefühl, ihren Mann den ganzen Tag nur noch über seiner Modelleisenbahn hängen zu sehen, und das machte sie fertig. Weil er ein netter Kerl ist, kaufte er ihr die Papeterie hier, denn es war immer ihr Traum, eine Papeterie zu haben. Und so wendete sich das Blatt: Sie geht arbeiten, und er bleibt zu Hause. Und beide sind zufrieden.«

»Woher wissen Sie das alles?«

»An einem Abend vor Weihnachten haben wir mal zusammen eine Flasche Champagner aufgemacht, sie war ein bisschen angesäuselt und hat aus dem Nähkästchen geplaudert.«

»Hat sie keine Kinder?«

»Doch, eine Tochter, aber sie spricht fast nie von ihr«, meinte Yvette, »auch sie haben wir noch nie im Geschäft gesehen.«

»Vielleicht hat sich Madame Capliet das alles auch nur ausgedacht. Vielleicht hat sie gar keinen Ehemann und keine Tochter und steht ganz allein im Leben.«

»Na klar«, sagte Louise perplex und zog die linke Augenbraue hoch, »das stimmt, sie könnte sich alles bloß ausgedacht haben.«

Meine drei Kolleginnen sahen sich in einen Abgrund der Ungewissheit geworfen, aber da tauchte auch schon Madame Capliet auf, überquerte den Boulevard und steuerte auf den Laden zu. Sie stieß die Tür auf und verlieh ihrer Ankunft mit einem fröhlichen »Guten Morgen allerseits!« Nachdruck, von einem neuen Duft umhüllt, dem Duft des Geheimnisvollen, der sie nicht weniger attraktiv machte. Sie erkundigte sich wie jeden Morgen nach den Goldfischen, und ich widmete meine Aufmerksamkeit meinen drei Kolleginnen, für den Fall, dass die Frau fürs Leben doch zum Greifen nah sein sollte. Und ich bloß zugreifen müsste. Meiner Meinung nach standen die Chancen hierfür zwar nicht allzu gut, denn dann hätte ich bestimmt schon etwas bemerkt. Aber trotzdem wollte ich sichergehen, wie es mir mein Vater geraten hatte, für den Fall des Falles.

Yvette: sehr freundlich, etwas weltfremd, schlank, mittellange Haare, blond, sehr blass, himmelblaue Augen, weiße Haut, fast transparent, als wäre sie aus Glas. Ich mag sie gerne, aber bei ihr fehlt mir der Kontrast. Ich bin solchen prächtigen Mädchen schon begegnet, groß, blond, intelligent, diese Nordisch-Kalifornischen, bei denen Modefotografen in Verzückung geraten. Mädchen, mit denen ich in einem Restaurant Eindruck schinden könnte. Aber nein, zu groß, zu blond, zu blass und sicher auch zu hübsch, jedenfalls zu hübsch für mich, das ist glasklar. Yvette ist sogar etwas schlichter, in ihrem Aussehen nicht aufdringlich und unauffälliger, aber trotzdem hat sie kein, wie soll ich sagen, Heiratspotenzial. Jedenfalls nicht als Frau fürs Leben. Meine Frau fürs Leben wird auf jeden Fall braune Haare und einen dunkleren Teint haben.

Louise: Louise mag ich am liebsten. Wenn sie erzählt, spricht sie nicht nur mit Worten, sondern mit ihrem ganzen Gesicht. Wenn ihr zum Beispiel etwas nicht gefällt, rümpft sie so hübsch die Nase. Und sie kann die linke Augenbraue hochziehen. Das macht sie oft, wenn sie skeptisch ist. Sie hat Humor, ist ziemlich hübsch, hat lange braune Haare, die aber immer zusammengebunden sind, meistens zu einem Pferdeschwanz, was ihr gut steht. Sie kleidet sich geschmackvoll, ziemlich knapp, und recht hat sie, denn, wie Madame Capliet sagt, »wenn man hübsche Beine hat, sollte man sie auch zeigen«. Sie lacht gern, ist lebhaft. Und verlobt. Mit einem Verlobten. Der sie fast täglich von der Arbeit abholt. Louise muss ich also vergessen. Oder besser gesagt, sie kommt für mich erst gar nicht in Frage. Weil sie schon vergeben ist.

Sandrine: ernst, kastanienbraune Haare, die sie zu einem Dutt zusammengebunden trägt, was ich nicht so sehr mag. Mit echten kurzen Haaren kann das jedenfalls nicht mithalten. Sie ist ein bisschen pummelig, aber die Rundungen sind sehr hübsch bei ihr. Sie ist bodenständig, zuverlässig, vernünftig, oft ein bisschen zu sehr, deshalb fehlt es ihr manchmal an Humor. Etwa wenn wir sie darauf hinweisen, dass sie ständig »im Endeffekt« sagt. Sie findet das gar nicht witzig und denkt, wir machen uns über sie lustig.

Neben den dreien (beziehungsweise vieren mit Madame Capliet) gibt es natürlich noch die Kundinnen, von denen manche durchaus charmant sind, andere zweifellos auch begehrenswert, doch die Begegnungen mit ihnen sind flüchtig, unwirklich, aussichtslos.

»Guten Tag, Monsieur, ich hätte gerne Textmarker in drei verschiedenen Farben.«

»Gerne, Madame, wir haben sie in Gelb, Orange, Blau, Grün und Rosa. Breit oder fein? Ich zeig sie Ihnen.«

Während sie sich entscheidet, mustere ich sie verstohlen. Sie sieht aus wie die ideale Frau, und möglicherweise ist sie die Frau fürs Leben. Trotzdem führt das zu nichts, denn ich kann mir kaum vorstellen, wie ein Verkäufer zu seiner Kundin sagt:

»Hier, Madame, das macht vier Euro achtzig. Wollen Sie mich heiraten?«

Nein, ganz eindeutig ist das unrealistisch, eine Kundin kommt nicht in Frage.

Also dann, ich habe mich in meiner Umgebung umgeschaut. Das funktioniert nicht. Ich werde also woanders suchen müssen. Ohne zu wissen, wo dieses Woanders sein soll. Schließlich kann es überall sein.

»Wie kommst du voran mit deiner Frau fürs Leben?«, fragt mich André am Ende des Tages in unserem Stammcafé. Das Café, in dem Olga arbeitet, die russische Kellnerin, die heute nicht da ist, weil sie ihren freien Tag hat. Aber sogar abwesend übt sie eine Faszination auf mich aus.

»Was? Bitte?«

»Wie kommst du voran mit deiner Frau fürs Leben?«

»Nicht gut. Tote Hose, zumindest vorübergehend. Obwohl, so tot auch wieder nicht, ich habe Fortschritte gemacht. Ich weiß jetzt, wie sie aussieht: Sie hat kurze braune Haare und einen dunklen Teint.«

»Ist das alles?«

»Im Moment schon. Aber das ist doch schon mal nicht schlecht, oder?«

»Kommt drauf an, wie man's sieht. Dir ist schon klar, dass es auf der Welt ziemlich viele Frauen mit dunklem Teint und kurzen braunen Haaren gibt, oder? Allein hier im Viertel sind's nicht wenige.«

»Ich bin mir nicht sicher, ob es wirklich so viele sind. Und außerdem ist es immerhin ein Anfang. Ich habe ja gerade erst begonnen zu suchen. Ich werde das schon noch weiter eingrenzen. Ach genau, was ich vergessen habe: Sie sollte ein bisschen jünger sein als ich und außerdem ungebunden.«

»Stimmt, das grenzt die Suche ziemlich ein«, gibt André zu. »Willst du nicht mit mir nach Indien kommen? Da unten sind die Frauen alle braunhaarig, haben dunkle Haut und sind oft sehr schön. Und bestimmt wären einige bereit, sich aus Liebe zu dir die Haare kurz schneiden zu lassen. Ohne Scherz, das ist die Lösung, du wirst dich gar nicht entscheiden können.«

»André, du bist ja komplett bescheuert! Ich will doch nicht ans andere Ende der Welt fahren, um mir dort mal das Angebot anzusehen. Ich will mir die Frau fürs Leben nicht aussuchen wie einen Fruchtjoghurt im Supermarkt. Was ich will, ist eine echte Begegnung, etwas völlig Unerwartetes, das du nicht geplant hast, womit du nicht rechnest und was dich total umhaut.«

»Und was soll dann diese Geschichte mit Haarlänge und Haarfarbe? Warum schränkst du dich so ein?«

»Um eine klarere Vorstellung davon zu bekommen, was ich will.«

André antwortet nicht, zuckt nur die Achseln, das Einzige, was ihm einfällt, wenn er nichts mehr zu sagen hat. Wir trinken noch einen. Hängen rum. Schweigen.

Betrachten die Leute, die vorübergehen. Trinken noch einen. André sagt:

»Junge, da hast du aber noch einiges vor dir.«

Und damit hat er wohl recht.

7

Colette

Ich bin in der Metro, eben waren wir noch unter der Erde, da fährt die Bahn hinauf ins volle Licht. Eins steht fest, der Sommer ist da. Und vor mir, an einen hochgestellten Klappsitz gelehnt wie ich, steht ein junges Mädchen von überwältigender Schönheit und Natürlichkeit. Vielleicht das schönste Mädchen, das ich je gesehen habe. Ich schwebe fort mit der Hochbahn, ich schwebe fort mit dem Mädchen:

Siebzehn Jahre, nicht älter, selbstverständlich mit kurzen Haaren, selbstverständlich braun, helle Augen, ungewöhnliche Ohrringe, Blümchen auf der einen und Früchte auf der anderen Seite, Dreiviertelhose und ein T-Shirt, das etwas zu kurz ist und dadurch einige Zentimeter ihrer Haut entblößt, die bereits ausreichen, um ein Jungenherz schneller schlagen zu lassen. Abgetragene Turnschuhe, Kopfhörer, ein ruhiges, intelligentes Gesicht, das in ein Taschenbuch vertieft ist, einen Roman von Colette, eine Korbtasche am Unterarm – ein junges, farbenfrohes Mädchen, schön wie ein Frühlingstag und trotzdem nicht arrogant, als ob sie nicht wüsste, wie hübsch sie ist, oder als ob es völlig normal wäre, so hübsch zu sein, und es keinen Grund gäbe, irgendein Trara darum zu machen. Ein Engel. Ein Sonnenstrahl. Ein Gemälde.

Mich überkommt die Lust, ihr all das zu sagen und ihr dafür zu danken. Was eher unpassend ist. Vor allem hier in der Metro.

Zwei Stationen weiter muss ich aussteigen, von dort aus laufe ich nur noch ein paar Minuten bis zum *Stylo de Vénus*. Die Metro hält. Das junge Mädchen liest weiter. Steigt nicht aus. Die Metro fährt wieder an. Ich bin sitzen geblieben. Auch an den nächsten Stationen steige ich nicht aus. Ich werde nicht pünktlich im Geschäft sein. Das Mädchen hat noch kein einziges Mal den Blick gehoben, um zu sehen, wo wir sind. Um zu sehen, wo sie ist. Die Metro fährt wieder unter die Erde. Ich weiß nicht, was ich im Sinn habe. Nichts. Ich habe nichts im Sinn. Nicht den Ansatz einer Idee. Außer dieser: sie nicht zu verlieren. Zumindest nicht aus den Augen. Nur um den richtigen Moment zu finden und ihr dafür zu danken, dass sie so hübsch ist. Nichts weiter. Im Ernst. Auch wenn ich genau weiß, dass ich unfähig bin, sie anzusprechen und ihr so etwas zu sagen. Übrigens unfähig, ihr irgendwas zu sagen. Ich habe das noch nie gemacht. Das habe ich oft bedauert. Aber ich habe es noch nie gemacht.

»Jetzt sag bloß nicht, dass du ihr folgen willst«, wird mir André hundertprozentig sagen, wenn ich ihm von meiner Begegnung mit der Colette-Leserin berichte.

»Nein, im Augenblick sag ich das nicht.«

»Was erhoffst du dir denn?«

»Ich weiß nicht. Ich erhoffe mir nichts. Gar nichts. Im Moment kann ich dir bloß sagen, dass ich keine Lust habe, sie zu verlieren.«

»Und wo soll das hinführen?«

»Nirgendwohin. Natürlich nirgendwohin. Na und?«

»Manchmal bist du schon komisch«, schließt André und schaut mich mitleidig an. Bekümmert fragt er sich, ob sein Freund noch ganz bei Trost ist. »Ohne Scherz, manchmal bist du schon komisch. Wenn ich nicht dein Freund wäre ...«

»Ja?«

»Wenn ich nicht dein Freund wäre ... na ja ... fände ich dich komisch.«

»Aber das hast du mir doch gerade schon gesagt.«

»Ja, aber wenn ich nicht dein Freund wäre, fände ich dich noch komischer, so, und wenn du es genau wissen willst, manchmal mache ich mir richtig Sorgen um dich.«

»Nicht doch.«

»Na ja schon.«

Wir schweigen. Sind beide stur. Wir nippen an unseren Getränken. Wissen nicht, wie wir das Schweigen brechen können. Wir brechen es nicht. Ich denke wieder an das junge Mädchen in der Metro. Ich weiß noch genau, wie sie aussah, erinnere mich an jedes noch so kleine Detail, an alles. Wenn ich zeichnen könnte, könnte ich sie zeichnen.

Tatsächlich wird dieses Gespräch nicht stattfinden, da ich niemals mit André über das Mädchen in der Metro sprechen werde. Er würde es nicht verstehen. Er ist mein Freund, aber manche Sachen versteht er einfach nicht. Einmal hat er zu mir gesagt:

»Weißt du, was dein Problem ist, Thomas?«

»Nein. Was ist denn deiner Meinung nach mein Problem?«

»Du bist zu sentimental.«

»Ich weiß. Na und? Darf ich das nicht sein?«

»Doch. Aber in einem gesunden Maße. Bei dir ist es zu viel. Pass lieber auf.«

»Worauf?«

»Auf dich.«

Das ist der Grund, warum André niemals etwas von meinem Abenteuer erfahren wird, das noch nicht mal eins ist. Es stimmt schon, dass ich sentimental bin, aber offen gestanden begreife ich nicht, was André daran stört.

Die Metro hält an. Das junge Mädchen wirft einen Blick auf den Namen der Haltestelle, legt ihr Ticket als Lesezeichen zwischen die Seiten, steckt das Buch in ihre Tasche und steigt aus. Ich tue dasselbe. Warum nicht? Wenn ich jetzt schon mal hier bin, kann ich ebenso gut an dieser Station aussteigen und in die gleiche Richtung gehen wie sie. Eine Menge Fahrgäste sind hier ausgestiegen und streben zum selben Ausgang.

Im Gehen hole ich, mit einem gewissen Sicherheitsabstand, mein Handy heraus und wähle die Nummer des *Stylo de Vénus*. Sandrine ist am Apparat. Ich lasse meine Stimme möglichst benommen und erschöpft klingen:

»Hallo, hier ist Thomas. Es geht mir nicht gut. Ich bin in der Metro, mir dreht sich der Kopf« (was ja noch nicht mal ganz gelogen ist).

»Ihr Kopf macht was?«, fragt sie.

»Dreht sich ... ich muss gestern was Falsches gegessen haben oder so. Ich weiß nicht, ob ...«

»Ich gebe Ihnen Madame Capliet.«

»Hallo, Thomas? Was ist los bei Ihnen?«, fragt mich Arlette mit echter Beunruhigung in der Stimme.

Ich erkläre alles noch mal und erfinde noch eine heiße Stirn und Herzrasen dazu. Madame Capliet erklärt kategorisch:

»Ich verbiete Ihnen, in einem solchen Zustand ins Geschäft zu kommen, Sie müssen nach Hause und sich erholen.«

»Ja ... okay ... Aber wenn es heute Nachmittag besser ist, dann ...«

»Kommt gar nicht in Frage, ich will Sie heute nicht sehen. Gehen Sie zum Arzt und kommen Sie wieder auf die Beine. Sie werden uns zwar fehlen, aber wir haben hier lieber einen gesunden Thomas als einen fiebrigen Thomas, dem schlecht ist.«

»Danke, Mada... Danke, Arlette.«

Na also, nichts einfacher als das. Der Schwindel eines Schülers. Der hinter einer Schülerin her ist.

Sie ist dort hinten, am Ende des Gangs. Gemächlichen Schrittes geht sie die Treppe hinauf, setzt auf jeder Stufe zuerst ihre Zehenspitzen auf, sachte wie eine Tänzerin. Wer weiß, vielleicht ist sie Tänzerin.

Ich beschließe, ihr nicht von den Fersen zu weichen, wo sie auch hingeht, den ganzen Tag. Ich weiß nicht wirklich warum. Ja, ich weiß, dass es absurd ist. Weil sie gerade mal siebzehn ist, und selbst wenn ich mich trauen würde, sie anzusprechen ... Was dann? Nichts.

Wenn ich André wiedersehe und er mich, wie immer, nach dem Stand der Dinge fragen wird, werde ich ihm also nichts von diesem jungen Mädchen erzählen. Ich werde ihm einfach sagen, dass meine Frau fürs Leben nicht nur braune kurze Haare haben wird, sondern außerdem beim Gehen die Arme nicht zu sehr schwenkt.

»Woher kommt denn diese neue Erkenntnis?«

»Einfach so. Durch reine Beobachtung. Frauen, die beim Gehen zu sehr die Arme schwenken, haben häufig einen schwerfälligen Gang, der wenig elegant ist und, ich sag's mal ganz offen: vulgär. Du wirst niemals eine hübsche Frau sehen, die beim Gehen die Arme zu sehr schwenkt.«

»Wenn du es sagst. Sonst noch was?«

»Ja: Sie wird kein Kaugummi kauen.«

»Das ist also auch verboten?«

»Nein, es ist nicht so, dass es verboten wäre. Ich habe einfach meine Umgebung beobachtet und dabei festgestellt, dass Leute, die intelligent aussehen, nicht Kaugummi kauen. Daraus folgere ich, dass Leute, die Kaugummi kauen, dämlich aussehen und meine Frau fürs Leben keins kaut.«

»Ich schwöre dir, Thomas, langsam zeigst du wirklich alle Symptome von Besessenheit und Intoleranz.«

»Möglich. Aber das ist mein Problem, nicht deins.«

»Aber mach doch mal die Augen auf, Mensch! Du triffst eine tolle Frau, du verliebst dich in sie, du sagst ihr, dass du sie liebst, sie sagt dir, dass sie dich auch liebt, sie hat kurze braune Haare, einen dunklen Teint, sie schwenkt ihre Arme nicht zu sehr, und dann, zack, holt sie einen Kaugummi aus ihrer Tasche und steckt ihn sich in den Mund. Was machst du? Verlässt du sie? Sei doch mal etwas realistisch, verdammt!«

»Es liegt mir nichts daran, realistisch zu sein.«

Und das alles, weil ich einen Tag diesem grandiosen

Mädchen hinterhergelaufen war, das weder beim Gehen die Arme schwenkte noch Kaugummi kaute.

Am späten Nachmittag sitzt besagtes grandioses Mädchen auf einer Bank in einem öffentlichen Park. Ihre Kopfhörer hat sie eingepackt. Sie ist allein. Liest ihr Buch zu Ende. Wenn ich sie jetzt nicht anspreche, werde ich es niemals tun und es immer bereuen.

Ich gehe auf sie zu und deute auf die Bank.

»Erlauben Sie?«

Sie blickt auf, unbefangen und erstaunt schaut sie mich an und lächelt dann. Es sieht aus, als würde sie das lustig finden.

»Bitte sehr.«

Ich setze mich. Ringsum stehen andere Bänke, die frei sind. Viele. Wenn ich herübergekommen bin, um mich auf diese hier zu setzen, liegt das also daran, dass sie schon hier ist. Das wird sie sich jetzt sagen. Aber im Augenblick kann sie nichts anderes tun, als sich wieder in ihr Buch zu vertiefen. Was sie auch tut. Ich springe kopfüber ins kalte Wasser:

»Ich habe Sie heute Morgen in der Metro gesehen. Und ich wollte Ihnen einfach das hier sagen: Sie sind das hübscheste Mädchen, das ich in meinem ganzen Leben gesehen habe. Genau. Das war's. Ich will Sie nicht belästigen, ich hätte mir bloß Vorwürfe gemacht, wenn ich es Ihnen nicht gesagt hätte.«

Jetzt müsste sie genervt sein. Vielleicht ist sie es.

Bestimmt ist sie es. Das Schweigen, das folgt, beweist, dass sie genervt ist.

»Danke, das ist nett. Aber ich verstehe nicht: Sie haben mich heute Morgen in der Metro gesehen, und jetzt kommen Sie hier zufällig durch den Park und laufen mir schon wieder über den Weg, einfach so, rein zufällig.«

»Das ist kein Zufall. Ich bin Ihnen den ganzen Tag gefolgt.«

Ich bin mir sicher, jetzt ist sie genervt.

»Das glaube ich Ihnen nicht.«

»Doch, ich versichere Ihnen, dass es so war: Nachdem Sie aus der Metro ausgestiegen sind, sind Sie in eine Buchhandlung gegangen. Sie sind zwischen den Regalen hin und her geschlendert und haben ein Buch gekauft, ich konnte nicht erkennen welches. Sie haben eine Freundin getroffen und mit ihr eine Kleinigkeit gegessen. Ich weiß nicht, worüber Sie geredet haben, aber es muss ziemlich lustig gewesen sein, denn Sie haben sich beide totgelacht. Sie sind dann zusammen in ein Schuhgeschäft gegangen, Sie haben die gleichen Turnschuhe gekauft, die Sie gerade anhaben, aber in einer anderen Farbe, sie sind in Ihrer Tasche. Als Sie das Geschäft verließen, hat ein Polizist Sie angehalten und Ihnen ins Gewissen geredet, weil Sie bei Rot über die Straße gegangen sind. Danach sind Sie ...«

Sie unterbricht mich:

»Warum haben Sie das gemacht, was soll das alles? Spielen Sie öfter Detektiv?«

»Überhaupt nicht. Was ich Ihnen zu sagen hatte, war nicht so einfach, wie es scheint. Ich habe auf den richtigen Moment gewartet. Vor allem habe ich gewartet, bis ich genug Mut gesammelt hatte, um Sie anzusprechen. Sie sehen, ich hab's geschafft. Und jetzt will ich Sie nicht weiter belästigen.«

»Sie belästigen mich nicht. Immerhin ist es schön, so ein nettes Kompliment zu bekommen, und ich danke Ihnen.«

»Nein, ich danke Ihnen. Ich heiße Thomas«, stelle ich mich vor und reiche ihr die Hand.

Sie schüttelt mir die Hand, schaut mich an, neugierig und belustigt, und sagt schließlich:

»Ich bin Colette.«

»Colette? Das ist jetzt aber ein Zufall.«

»Warum? Kennen Sie noch eine andere Colette?«

»Nein, ich kenne keine andere außer der, die Sie in Ihren Händen halten: Sie heißen Colette und lesen einen Roman von Colette.«

»Ach ja, genau, stimmt.«

Die Zeit scheint wie in der Schwebe. Es gibt keinen Grund für mich, hier Wurzeln zu schlagen und sie daran zu hindern, den Roman ihrer Namensschwester zu Ende zu lesen. Was könnte ich außerdem jetzt noch sagen?

»Gut, na ja, dann auf Wiedersehen, Colette.«

Ich stehe auf, wir schütteln uns noch einmal die Hand, obwohl das letzte Mal erst wenige Sekunden her ist.

»Paris ist groß, wir sehen uns gewiss nie wieder, aber das ist nicht schlimm. Ich bin froh, dass ich Ihnen sagen konnte, was ich sagen wollte.«

»Danke. Dann also, Wiedersehen.«

Damit ging ich fort von der Bank, von Colette, von den kurzen Haaren, den abgetragenen Turnschuhen, der Korbtasche, dem jungen, zu jungen Mädchen. Es war, als würde ich jedes Mal zu früh kommen – oder zu spät. Aber vielleicht war es trotzdem ein gutes Zeichen. Das mir zeigen sollte, dass ich dem Ziel näherkam, ganz allmählich. Oder aber, dass das Ziel immer weiter in die Ferne rückte. Keine Ahnung. Aber irgendein Zeichen war es.

Ich habe mich nicht umgedreht. Auch so war mir klar, dass Colette schon wieder angefangen hatte zu lesen. Nachdem ich in eine Nebenstraße eingebogen und weit genug weg war, holte ich mein Handy raus. Wieder war Sandrine dran.

»Hallo, hier ist Thomas. Ich wollte nur kurz Bescheid sagen, dass es mir schon viel besser geht und ich morgen wieder da bin.«

Und tatsächlich ging es mir irgendwie viel besser.

8

Die Zeit vergeht

Sie rast so schnell wie ein TGV. Ein Jahr ist um, und viel hat sich nicht verändert.

Meine Mutter lebt noch. Zu ihrer großen Verwunderung. Aber sie gewöhnt sich dran. Vorgestern hat sie mich gefragt:

»Was denkst du, Thomas, ist es besser, fröhlicher Pessimist oder trauriger Optimist zu sein?«

»Ich weiß nicht, Maman ... Wie wär's mit fröhlicher Optimist?«

»Du antwortest nicht auf meine Frage. Fröhlicher Optimist sagt nichts aus, ebenso wenig wie kleiner Zwerg oder großer Riese. Also?«

»Ehrlich gesagt, ich weiß es nicht ... Bist du dir sicher, dass es nur diese beiden Möglichkeiten gibt?«

»Ich sehe keine andere.«

Als sie den Raum verließ, bemerkte sie leise:

»Ach ja, viel Zeit bleibt mir ja ohnehin nicht mehr …«

Mein Vater ist immer noch Tierarzt.

Meine Schwester Francine heißt immer noch Francine.

Mein Freund André hat sich nach Indien aufgemacht und mein Geburtstagsgeschenk mitgenommen – das einzige von den dreien, das überlebt hat –, damit es sein Herkunftsland kennenlernt. Da ich weiß, wie kompliziert es ist, mit einem Tier zu reisen, glaube ich allerdings, dass André es schon längst dem nächstbesten indischen Restaurant anvertraut hat und dass das Tier noch am selben Abend den Gästen serviert worden ist. Aber ist es wirklich so ein furchtbarer Tod für ein *Cochon d'Inde*, am Spieß des *Taj Mahal* zu enden?

Davon abgesehen bin ich immer noch glücklich, im *Stylo de Vénus* zu arbeiten. Madame Capliet ist immer noch so charmant. Meine drei Kolleginnen ebenfalls, wir verstehen uns bestens, alles im Lot.

Ich hatte nicht das Glück, Colette noch einmal zu begegnen.

Und die Frau fürs Leben habe ich noch immer nicht getroffen. Es bleiben mir also noch etwas weniger als zwei Jahre. Ich gebe die Hoffnung nicht auf, im Gegenteil. Schon gar nicht, seit ich eine Wahrsagerin zu Rate gezogen habe. Sie erschien mir vertrauenswürdig, denn statt sich mit einem spektakulären Namen wie

»Madame Irma« oder »Prinzessin Fatima« zu schmücken, begnügte sie sich damit, hinter dem Fenster ihres Wohnwagens ein Schild aufzuhängen: »Madame Catherine – Geprüfte Wahrsagerin«. Meines Erachtens wirkte das professionell. Und als ich sie fragte, ob ich bald meine Frau fürs Leben treffen würde, sagte sie tatsächlich:

»In weniger als zwei Jahren werden Sie eine unverhoffte Begegnung haben, nicht weit entfernt von einem Bahnhof, vielleicht sogar in einem Zug. Ihr ganzes Leben wird dadurch vollkommen auf den Kopf gestellt. Ich meine Ihr Gefühlsleben, aber ebenso Ihr berufliches Leben, denn auch in diesem Bereich sehe ich eine wichtige Veränderung.«

Wo sie das alles sah? Das bleibt ihr Geheimnis. Sie hatte eine nüchtern-sachliche Ausstrahlung und hätte ebenso gut Schulleiterin sein können oder Apothekerin. Aber nein, sie war Wahrsagerin, trug ein strenges Kostüm und verbrannte weder Weihrauch noch hatte sie eine Kristallkugel oder Tarotkarten. Es gab keinen Kaffeesatz und keine Eule auf ihrer Schulter, sie hat nicht in meiner Hand gelesen und übrigens allgemein kaum einen Blick auf mich geworfen. Ohne jedes Tamtam, die ungeschminkte Wahrheit, ein richtiger Profi also.

»Und du vertraust einer Wahrsagerin?«, fragt mich meine Schwester am Sonntag beim Mittagessen.

»Absolut, vollkommen, ganz entschieden: Ja, ich vertraue ihr.«

»Warum glaubst du denn, dass sie die Wahrheit sagt?«

»Na ja, zum Beispiel hat sie vorhergesagt, dass es heute Erdbeerkuchen zum Nachtisch geben würde.«

»Das ist nicht schwierig«, bemerkt mein Vater ironisch, »den gibt es jeden Sonntag.«

»Ja, aber davon weiß sie ja nichts!«

»Auf jeden Fall hat sich deine Hellsichtige vertan«, sagt meine Mutter, als sie den Kuchen hereinbringt. »Barthélemy hatte keinen Erdbeerkuchen mehr«, (Barthélemy war die Boulangerie-Patisserie, bei der wir seit Jahrzehnten einkauften), »ich habe einen Paris-Brest mit Mandeln mitgebracht.«

»Ich hab doch nur Spaß gemacht! Ihr glaubt doch nicht wirklich, dass ich zu einer Wahrsagerin gehe, damit sie mir sagt, was es sonntags zu essen gibt!«

»Was ich nicht glauben kann«, erregt sich mein Vater, »ist, dass du überhaupt zu einer Wahrsagerin gehst. Das ist es, was mir nicht in den Kopf will.«

»Und warum nicht?«

»Weil Wahrsagerinnen doch bloß die perfekte Zukunft erfinden, die ihre Kunden hören wollen. Und wenn einem dann nach einigen Monaten klar wird, dass sie bloß irgendetwas dahergeredet haben und dass nichts von dem, was sie angekündigt haben, tatsächlich eingetreten ist, dann geht man wieder hin, um sein Geld zurückzufordern, doch wundersamerweise sind sie nicht mehr da.«

»Wieso kennst du dich da so gut aus, warst du schon mal bei einer?«, fragt meine Schwester vorsichtig.

»Ich? Niemals!«

Er sagt das so wütend, dass ich denke, gleich wird er vom Tisch aufstehen. Nur weil man ihn verdächtigt hat, einmal bei einer Wahrsagerin gewesen zu sein. Aber nein, er beruhigt sich wieder – es kommt auch gerade das Dessert. Wie einen Joker aus dem Ärmel zückt er dann das schlagende Argument:

»Ist euch noch nie aufgefallen, dass Wahrsagerinnen immer in Wohnwagen hausen?«

»Doch, klar, meine auch.«

»Und weißt du, warum?«

»Nein.«

»Damit sie schneller von Viertel zu Viertel ziehen können und man sie nicht wiederfindet. Auf diese Weise können sie so viel dummes Geschwätz von sich geben, wie sie nur wollen. Schon allein die Tatsache, dass deine Wahrsagerin in einem Wohnwagen haust, beweist, dass sie dir nur Blödsinn erzählt hat.«

»Und wenn schon. Wir werden sehen.«

Dann unterhalten wir uns über andere Dinge und lassen das Thema Wahrsagerinnen, mit dem ich niemals hätte anfangen dürfen, ruhen. Trotzdem bin ich überzeugt, ich weiß nicht warum, dass sich diese Frau, die wie eine Steuerbeamtin aussah, nicht geirrt hat.

Das Hauptproblem mit der Frau fürs Leben besteht darin, dass sie zwar, falls es sie gibt, notwendig irgendwo sein muss, man aber Gefahr läuft, ihr niemals zu begegnen, wenn man sich nicht zur selben Zeit am selben Ort befindet. Sie hat natürlich das gleiche Problem. Der Zufall hat folglich einen erheblichen Anteil an der ganzen Sache. Was mich übrigens nicht sonderlich stört, weil ich eine Spielernatur bin. Trotzdem ist es am besten, sich klarzumachen, dass es nicht nur eine einzige Frau fürs Leben gibt, sondern viele, zumindest einige. Das vermittelt wieder etwas Zuversicht, da sich die Chancen auf ein Treffen erhöhen. Dennoch bin ich mir sicher, dass es Leute gibt, die sich ständig verpassen und am Ende nicht die Frau fürs Leben heiraten, sondern eine andere, die sie aber wenigstens getroffen haben (warum sollte man sie dafür verurteilen?). So kommt es, dass man viele Paare kennt, die nicht glücklich sind, sich aber im Großen und Ganzen mit ihrer Situation zufriedengeben. Und dann passiert es: Eines Tages taucht hinter einer Wegbiegung, in einem Geschäft, bei Freunden oder im Urlaub die Wahnsinnsfrau auf, die sie liebend gern geheiratet hätten – die Frau ihrer Träume, ungebunden und ebenfalls nicht abgeneigt, eine Frau, die insgesamt also in Frage käme. Bloß ist es dann bereits zu spät, die Leute sind schon verheiratet und haben keine Lust, alles hinzuschmeißen. Wenn sie nur etwas mehr Geduld gehabt hätten ...

Bei mir hält sich die Geduld in Grenzen: Mir bleiben noch knapp zwei Jahre. Die sind schnell um.

9

Louise

Am nächsten Tag ist im Laden etwas wirklich Ungewöhnliches passiert. Zuerst nutzte meine Lieblingskollegin Louise, die Braunhaarige mit dem Pferdeschwanz, diejenige, die ihre linke Augenbraue hochziehen kann, Louise also nutzte die Gunst der Stunde, als irgendwann am frühen Nachmittag nicht viel los war, und sagte mitten in die Stille hinein:

»Ich habe euch etwas mitzuteilen.«

Ihre Ausdrucksweise und der sachliche Tonfall ließen nicht erkennen, ob es sich um eine gute oder um eine schlechte Nachricht handelte. Aber eins von beidem schien es zu sein, es wurde also spannend.

»Ach ja? ... Ja ... Was ist es denn? ... Ist es schlimm? ...«, wollen wir alle gleichzeitig wissen.

»Nein, nur: Ich werde heiraten.«

»Deinen Verlobten?«, fragt Yvette.

Louises linke Augenbraue schnellt hoch. »Na klar, sonst wäre es ja wohl sinnlos, einen Verlobten zu haben.«

»Das ist wunderbar! Ich freue mich so für Sie, Louise«, sagt Madame Capliet, nimmt sie in den Arm und drückt sie fest.

Wir schließen uns an mit weiteren Umarmungen und Beglückwünschungen, aufrichtig, auch wenn die oder der eine unter uns noch nicht den passenden Deckel zum Topf gefunden hat. Bloß keine Eile, irgendwann kommt jeder dran. Jedenfalls freuten wir uns alle mit ihr.

»Was für eine tolle Neuigkeit, Louise! Sie sind ein Glückspilz, dass Sie heiraten«, sage ich. »Auch ich freue mich für Sie.«

»Und wann ist es so weit?«, fragt Sandrine.

»Wissen wir noch nicht. Aber natürlich werdet ihr alle eingeladen!«

»Ich hoffe doch, dass Sie uns im Geschäft erhalten bleiben«, macht sich Madame Capliet Sorgen.

»Ja gerne, vorerst auf jeden Fall, wenn Sie einverstanden sind. So schnell werden Sie mich nicht los. Allerdings würde Jean-Marie – Jean-Marie ist mein Verlobter – gerne mit mir aufs Land ziehen.«

»Ach je, aufs Land? Wie kommt er denn darauf? Dann sagen Sie ihm, je später, desto besser.«

Wir hätten noch stundenlang über Louises Hochzeit sprechen und ihr noch alle möglichen Fragen stellen können, die uns einfielen: wie ihr Hochzeitskleid aussehen würde, wo die Flitterwochen hingehen sollten, wann sie sich entschieden hätten, was ihr Verlobter im Leben so machte, wie lange sie sich schon kannten. Ich selbst hätte Louise überdies sagen können, dass mir ihre kurzen Röcke und langen Beine fehlen würden. Aber nichts von alldem geschah, denn da kam ein vollbärtiger Kunde zur Tür herein, gefolgt von einigen anderen, ihrerseits nicht alle bärtig, es waren ja auch Kundinnen darunter. Man hätte glauben können, dass sie sich abgesprochen hatten. In jedem Fall machte das *Stylo de Vénus* seinem Ruf als gut sortierter Schreibwarenladen alle Ehre. Und auch wenn wir dadurch für diesen Moment nicht mehr über Louises Hochzeit erfahren konnten, wussten wir doch, dass es später noch die Gelegenheit dazu geben würde. Das Wichtigste war ja ohnehin, dass sie glücklich war. Dann waren wir es auch.

Bis zum Abend war immer mindestens ein Kunde oder eine Kundin im Laden, weshalb wir erst sehr viel später wieder über die Hochzeit von Louise sprechen konnten. Als es endlich noch mal einen ruhigen Moment gab, wollte Madame Capliet auf der Stelle alle Details erfahren, die wir noch nicht kannten. Die aber, wie ich betonen möchte, in Anbetracht dessen, was bereits im Laufe des Nachmittags passiert war, nur halb so brisant waren.

Denn das wirklich Ungewöhnliche hat sich nachmittags zugetragen:

»Wir müssen die selbstklebenden Umschläge nachbestellen, 21 x 29,7«, sage ich zu Madame Capliet.

»Nein, nicht nötig«, antwortet Louise, »es sind noch zwei Kartons im Lager. Kommen Sie, Thomas, ich zeige Ihnen wo.«

Ich mag das Lager. Ich liebe den Geruch dort. Es gibt Füller, Papier, Filzstifte, Umschläge, Tintenpatronen, Post-it-Blöcke, Tintengläser in Hülle und Fülle, riesige Mengen, ein Arsenal. All dies und noch viel mehr stapelt sich hier, ist etikettiert, registriert und an die richtige Stelle sortiert auf Regalen, die bis zur Decke reichen. Als ob man sich in weiser Voraussicht für den nächsten Krieg eingedeckt hätte. Louise hat die Leiter mitgenommen, mit der sich auch die höchsten Regalfächer erreichen lassen.

»Es ist dort oben«, sagt sie.

Bevor sie auf die Leiter steigt, stellt sie klar:

»Nicht gucken.«

Und dann beginnt sie, die Leiter emporzuklettern, die ich aus Gründen der Sicherheit mit beiden Händen festhalte.

»Wo sind sie nur? ... Ich war mir sicher, dass sie irgendwo dort drüben waren.«

Nicht gucken. Dabei kann ich schon, indem ich nur leicht den Blick hebe, Louises lange Beine bis zu ihren Oberschenkeln hinauf sehen. Mal ganz davon abgesehen, dass es mir vorkommt, als ob sie den Karton mit den Umschlägen absichtlich nicht sofort findet, um mir diesen Anblick länger zu gönnen. Ich bin mir nicht sicher, aber es kommt mir so vor. Sie dreht sich zur Seite, beugt sich mit ihrem Körper und ihrem Arm so weit hinüber, dass sie fast aus dem Gleichgewicht kommt.

»Merkwürdig. Dabei habe ich sie selbst das letzte Mal dorthin geräumt.«

Sie zieht sich wieder hoch, hält sich fest, richtet sich auf, krümmt sich, streckt sich, hält sich nur noch auf einem Bein, das andere hängt in der Luft, sie könnte fallen, aber sie wird nicht fallen. Das alles ist viel zu schön, als dass es böse enden könnte.

»Aha, da sind sie ja. Wie viele brauchen Sie denn?«

»Um die fünfzig. Jetzt weiß ich ja auch, wo sie liegen.«

Mit den Umschlägen steigt Louise die Leiter wieder herunter. Lächelnd schaut sie mich an.

Komisch, eigentlich müsste ich jetzt ein bisschen oder sogar sehr rot werden, aber nein, nichts von alledem. Bloß innerlich aufgewühlt. Vielleicht werde ich doch noch erwachsen.

»Wissen Sie, Thomas, ich könnte auch einfach eine Hose anziehen oder einen längeren Rock, aber im Grunde genommen mag ich es, wenn man mich anschaut. Deshalb.«

»Deshalb was?«

»Deshalb hab ich so lange gebraucht, um den Karton mit den Umschlägen zu finden.«

Man könnte eine Stecknadel fallen hören. Ich kann

dem nichts hinzufügen, kann eigentlich gar nichts sagen. Bloß:

»Ihr Verlobter kann sich ganz schön glücklich schätzen, mit Ihnen aufs Land zu ziehen.«

»Ja, aber das ist ja noch etwas hin, und außerdem werde ich bestimmt wiederkommen. Hier, die Umschläge.«

Sie reicht sie mir und haucht mir dabei einen flüchtigen Kuss auf die Lippen. Dann gehen wir wieder nach vorne ins Geschäft, ohne uns etwas anmerken zu lassen, das Rückschlüsse auf das soeben Geschehene erlauben würde.

Das war an einem Samstag. Ich erinnere mich an alles, als sei es gestern gewesen, vor allem weil der Tag noch nicht um war und weitere Überraschungen für mich bereithielt, mit denen ich nicht gerechnet hätte. Das wiederum ist nicht erstaunlich, denn bekanntlich besteht genau darin das Prinzip einer Überraschung. Sonst ist es keine mehr.

Jedenfalls fragt mich Madame Capliet kurz nach der Episode *Louise erklimmt die Leiter im Lager*:

»Und, was haben Sie heute Abend so vor, Thomas?«

»Ach, nichts Besonderes«, antworte ich.

»Und was haben Sie vor, wenn Sie nichts Besonderes vorhaben?«

»Tja, ich weiß nicht, mal sehen ...«

Samstags unternehme ich oft was mit André. Er hat immer gute Ideen, wir treffen ein paar Leute, trinken ein paar Gläser Weißwein, gehen auf Partys – was man samstagabends eben so macht. Aber weil er gestern nach Indien geflogen ist, hatte ich mich schon damit abgefunden, einfach zu Hause zu bleiben, eine Pizza zu bestellen und eine DVD zu gucken.

Also sage ich:

»Ich werde zu Hause bleiben, eine Pizza bestellen und eine DVD gucken.«

»Sie Glücklicher!«, meint Arlette. »Was gäbe ich dafür: eine Vier-Jahreszeiten verputzen und irgendeinen blödsinnigen Film gucken ... Aber heute Abend ist das leider unmöglich, wir sind bei den Bourdieux eingeladen, bei Freunden meines Mannes. Todlangweilig ist es bei denen, das kann ich Ihnen sagen. Ich werde an Sie denken, Thomas, wenn wir kurz davor sind, zu Tisch zu schreiten, gerade die letzte Cashewnuss hinuntergeschluckt haben, dann denke ich an Sie, wie Sie in Ihrem weichen Sofa versinken, mit einem Pizzakarton auf Ihren Knien, und sich von einem Film berieseln lassen ... Doch, doch, was haben Sie für ein Glück!«

Alle, das heißt Louise, Yvette und Sandrine, scheinen wie Madame Capliet der Meinung zu sein, dass ich mich mit meinem ruhigen Samstagabend unglaublich glücklich schätzen kann. Wie gern wären sie an meiner Stelle, sofort würden sie mit mir tauschen. Ehrlich gesagt, na ja ...

Wir sind alle beschäftigt, alle fleißig, der Kundenstrom reißt nicht ab, es ist Samstag. Da klingelt das Telefon. Madame Capliet hebt ab:

»*Stylo de Vénus*, guten Tag ... Ach, du bist es. Was

gibt's? ... Ja ... Verstehe ... *(geheuchelt:)* Mein Gott, wie schade! Es hätte mich so gefreut ... Na ja, gut, dann soll es heute wohl nicht sein, ist nicht so schlimm, wir holen es nach ... Ach weißt du, im Grunde passt mir das gar nicht so schlecht, dann werde ich hierbleiben und Inventur machen ... Nein, warte nicht auf mich, ich komme spät. Bis heute Nacht.«

Und sie hängt ein. Genau in dem Moment geht ein Kunde mit neuen Patronen für seinen Sheaffer-Füller hinaus, sodass das Geschäft vorübergehend leer ist.

Da meint sie zu uns:

»Der Abend bei den Bourdieux fällt aus, sie sind kurzfristig verhindert. Ich schlage also vor, wir lassen Thomas nicht hängen, vor allem nicht an einem Samstagabend, und verbringen den Abend mit ihm. Wer hat Zeit?«

Ich bin mir sicher, dass meine drei Kolleginnen, die an dieser unerwarteten Wendung insgeheim ihre Freude haben, nur allzu gerne sehen wollen, wo und wie ich wohne (wenn schon nicht, mit wem), schließlich ist es immer interessant, die Wohnung anderer Leute zu inspizieren, vor allem solcher Leute, die man kennt. Und sieh mal einer an, rein zufällig haben meine drei Kolleginnen heute Abend tatsächlich alle noch nichts vor.

»Na gut, dann werden wir also zu viert kommen. Was halten Sie davon, Thomas?«

»Das ist toll, Arlette. Ja, das ist wirklich toll. Eine gute Idee.«

Um ehrlich zu sein, wusste ich auch nicht recht, was ich davon halten sollte. Dass meine Chefin gemeinsam mit meinen drei Kolleginnen bei mir auflaufen wollte, alles so halb improvisiert, fand ich beunruhigend und gleichzeitig ganz witzig. Da ich keine Wahl und außerdem schon geantwortet hatte, dass es eine gute Idee sei, entschied ich, dass es eine gute Idee war.

Madame Capliet, ganz die Chefin, hat alles in wenigen Sekunden organisiert. Das lief so:

»Ihr Mädels kümmert euch um die Pizzen, und ich bringe den Wein mit. Thomas, Sie suchen den Film aus. Wir schließen hier um neunzehn Uhr, passt es, wenn wir gegen zwanzig Uhr bei Ihnen sind?«

Ja, das passte, das musste passen. »Passt das?« war ohnehin nicht wirklich als Frage zu verstehen. Zudem kamen gerade zwei oder drei Kunden ins *Stylo de Vénus*, einer mit Postkarten vom Ständer draußen, der andere wollte Bleistifte kaufen, der dritte war auf der Suche nach Geschenkpapier und wollte mal sehen, was wir dahatten. Heißt, wir mussten wieder an die Arbeit, und es war nicht der richtige Augenblick, um weitere Einzelheiten des gemeinsamen Abendprogramms zu besprechen oder die Beschlüsse von Madame Capliet in Frage zu stellen.

Während ich verschiedene Papierbögen mit floralen Motiven zusammenrollte, die mein Kunde ausgesucht hatte, dachte ich an zu Hause und daran, was ich herumliegen gelassen haben könnte, was sie Peinliches finden konnten und wie viel Zeit mir nach dem Ausleihen der DVD blieb, bevor sie kamen. Aber nein, als ich die Wohnung, wie ich sie morgens zurückgelassen hatte, in Gedanken durchging, entdeckte ich nichts, was peinlich für mich werden konnte. Ja, ich geb's zu, ich habe es lieber ordentlich und lasse nur selten Dinge herumliegen. Allerdings habe ich auch nicht viel Platz, und wenn ich nicht sofort alles wegräume, herrscht gleich das totale Chaos.

»Sie müssen heute Abend etwas nachsichtig sein«, sage ich, nachdem mein Kunde mit einer Rolle Geschenkpapier unterm Arm gegangen war, »ich habe nicht so viel Platz zu Hause, oder sagen wir, es ist nicht besonders geräumig, und wir werden etwas aufeinanderkleben …«

»*Etwas aufeinanderkleben*, Sie haben Ausdrücke, Thomas!«, kichert Madame Capliet, und meine drei Kolleginnen, allzeit bereit, kichern mit.

Ich werde ein bisschen rot. Normal.

Um fünf vor sieben kommt eine Kundin ins Geschäft, der Madame Capliet sagt: »Entschuldigen Sie bitte, wir schließen, wir haben Inventur. Sie müssen Dienstag wiederkommen.« Die Kundin schaut auf ihre Uhr, schüttelt den Kopf, wagt aber nicht, etwas zu sagen, und geht wieder. Woher soll sie auch wissen, dass das weibliche Personal des *Stylo de Vénus* schnellstmöglich die Rollläden herunterlassen und zum männlichen Personal eilen muss, um dort den Abend zu verbringen?

Um sieben Uhr sind die Rollläden unten, alles erledigt, Türen verrammelt, und jeder läuft in seine Richtung, die einen zum Pizzaservice, die andere zum nächsten Nicolas-Weinhandel und ich zu meiner Videothek, wo ich möglichst wenig Zeit verplempern will. Ich nehme einen Bollywood-Film, den ich schon gesehen habe und der ihnen gefallen müsste. Gleichzeitig wird er eine Hommage an André in Bombay sein, der, ohne es zu wissen, an diesem Abend nicht ganz unschuldig ist, denn wäre er in Paris, wären wir bestimmt zusammen losgezogen.

Dann eile ich nach Hause.

Wo tatsächlich nichts herumliegt. Diese Liebe zur Ordnung. Oder eher: diese panische Angst vor Unordnung. Ich lüfte kurz, um ganz sicherzugehen. Ein schneller Blick rundum. Ein blitzartiger Besuch im Badezimmer für einen Spritzer Eau de Toilette. Ich schließe die Fenster. Noch ein Spritzer Parfüm, aber diesmal ein Duft für den Raum, *Herbe coupée*, es riecht nach Wiese, man könnte denken, man sei auf dem Land, ich mag das. Rrring, sie klingeln. Da sind sie, alle vier auf einen Streich. Bewundernde Pfiffe.

»Wie schön es bei Ihnen ist, Thomas!«

(Warum sollte es nicht schön sein?)

»Und so klein ist es doch gar nicht ...«

(Ich glaube ein wenig Enttäuschung aus der Stimme herauszuhören, die mit meiner Ankündigung »wir werden etwas aufeinanderkleben« zu tun hat, aber ich bin mir nicht ganz sicher.)

»Und es riecht so gut.«

(Na klar, zweifellos.)

»Und Sie selbst, Sie riechen auch gut.«

(Ebenso zweifellos.)

Endlich legen sie ihre Jacken ab, wir machen die Pizzakartons auf, und ich öffne die Weinflaschen, übernehme sozusagen die Männerarbeit, immerhin bin ich der einzige Mann weit und breit, da bleibt das eben an mir hängen – was mir übrigens ganz gut gefällt. Madame Capliet besichtigt die Wohnung, bei dreißig Quadratmetern ist das schnell erledigt, und bestätigt mir noch mal, dass es sehr schön bei mir sei und so klein auch wieder nicht. Außerdem sei sie ja gut geschnitten, und ich hätte es wirklich verstanden, auch die kleinste Ecke zu nutzen.

Etwas später sitzen wir zu fünft im Schneidersitz auf dem grünen Teppichboden, wie bei einem überdachten Picknick auf Kunstrasen. Es riecht nach Pizza, der Wein ist lecker, die Mädchen sind ein bisschen beschwipst, wir trinken weiter, während wir den Film anschauen, der ihnen gut gefällt. Der aber sehr lang dauert, weshalb wir uns erst um ein Uhr nachts voneinander verabschieden – egal, morgen ist Sonntag.

Seit zehn oder fünfzehn Minuten sind sie fort, ich lüfte, weil ich nicht gerne im Mief von überbackenem Käse schlafe. Das stinkt so schnell nach alten Socken. Ich räume ein bisschen auf, trinke noch den letzten Schluck aus einem Glas, da klingelt es an meiner Tür.

Ich öffne.

Es ist Louise.

Sie ist allein. Regungslos. Steht auf der Fußmatte. Lächelnd. Etwas unschlüssig.

»Haben Sie etwas vergessen?«

»Nein *(Schweigen)*. Darf ich hereinkommen?«

»Ja … natürlich.«

Sie kommt herein. Ich schließe die Tür und verharre dagegengelehnt. Beobachte Louise von hinten. Sie hält inne. Rührt sich nicht von der Stelle. Dann dreht sie sich zu mir um. Schaut mich an. Kommt näher. Wir küssen uns.

Wir haben fast sofort miteinander geschlafen. Ohne ein Wort. Ohne dass wir versucht hätten zu verstehen. Wenn wir überhaupt etwas verstanden, dann bloß, dass wir beide Lust darauf hatten, der eine wie die andere. Louise war unwiderstehlich. Leicht, ausgelassen, leidenschaftlich.

Später tranken wir noch etwas Wein, eingewickelt in Laken, zwischen Decken und Kissen. Ab und an leuchtete die Zimmerdecke auf, abwechselnd blau und rot, von der Leuchtreklame, die vom Kino unten heraufstrahlte. Zwischen zwei Schlucken sagte Louise:

»So! Jetzt habe ich einen Schlussstrich unter mein Junggesellinnendasein gezogen. Das wird unser Geheimnis bleiben. Schwören Sie mir, dass niemand etwas davon erfahren wird, nicht mal Ihr bester Freund.«

»Ich schwöre es Ihnen.«

Wir sind lange so liegen geblieben, wechselten zwischen Zärtlichkeiten, Schweigen und Bettgeflüster, um nicht zu spüren, wie die Zeit verflog. Wir fühlten uns wohl zusammen. Und überhaupt: Es gefiel mir unendlich, dass wir trotz allem, was gerade passiert war, nicht ins Du verfallen waren, wie man es hätte erwarten können.

»Wissen Sie«, sagte Louise, »eben, als wir gegangen sind, wusste ich, dass ich zurückkommen würde. Irgendwann heute Abend, als wir den Film geguckt haben, wurde es mir klar. Ich wusste es einfach. Verstehen Sie?«

»Ja.«

»Ist Ihnen das noch nie passiert?«

»Was?«

»Dieses Ding, dass Sie abends irgendwo sind, Sie wollen bald gehen, aber Sie wissen, dass Sie wiederkommen werden, weil da oben jemand ist, den Sie gerne wiedersehen wollen, wenn alle anderen weg sind.«

»Oft, ja. Nur dass ich nie wieder raufgegangen bin.«

»Warum nicht?«

»Weiß nicht. Angst vor einem Korb. Mangelnde Dreistigkeit.«

Mit einer Mischung aus Empörung und Unschuldsmiene schaute sie mich an, ihr Gesicht verriet nicht, was kommen würde, nur ein leichtes Zögern, beiläufig wie eine Nebenbemerkung. Dann gab sie unser Sie auf, auf das wir uns stillschweigend geeinigt hatten, und ging zum bisher gemiedenen Du über, eine Art Trotz, ihr Gesichtsausdruck hätte mich also warnen müssen. Mit hochgezogener Augenbraue fragte sie:

»Findest du mich dreist?«

»Sehr. Aber Sie sind diejenige, die recht hat. Es zu sein. Dreist.«

Passiver Widerstand meinerseits, um meiner Vorliebe für das Sie Ausdruck zu verleihen. Und ich hatte Erfolg, schon schlug sie die Augen nieder wie ein kleines Mädchen, das bei einer Dummheit erwischt wird. Es dauerte einen Moment, ehe sie weitersprach.

»Wissen Sie, eigentlich eigenartig, aber am schwierigsten war es, die anderen loszuwerden, ohne dass sie etwas mitbekommen«, siezte sie mich wieder.

»Wie haben Sie es geschafft?«

»Madame Capliet wollte uns drei mit dem Auto nach Hause fahren, sie war noch nicht müde. Ich sagte, ich würde lieber ein Taxi nehmen, da kommt gerade eins vorbei, ich frage, ob sich jemand das Taxi mit mir teilen will, zum Glück will niemand, ich steige ein, das Taxi fährt los, wir nehmen die erste Straße rechts, nach zweihundert Metern sage ich dem Fahrer, er soll anhalten, ich entschuldige mich, gebe ihm das Geld und steige aus, bevor er auch nur piep sagen kann. Ich gehe zurück zu Ihrer Wohnung, warte noch in einem Eingang, um sicherzugehen, dass die anderen wirklich weg sind, gehe hoch und klingele. Den Rest kennen Sie.«

»Möchten Sie noch ein bisschen Wein?«

»Gerne.«

Sie hat mir von ihrem Verlobten erzählt. Den sie schon lange kennt. Der bei der Bank BNP arbeitet. Und den sie liebt.

Sie wollte nicht zum Schlafen bleiben. Kurz vor sechs Uhr morgens ist sie gegangen. Draußen war es schon fast hell.

10

Der Tag nach Louise

Der Tag nach Louise ist ein Sonntag. Ich habe ein bisschen geschlafen. Es geht. Eigentlich überhaupt nicht.

Ich habe meine Wohnung aufgeräumt. Es war zwar nicht unordentlich, aber ich mag es, wenn jedes Teil an seinem Platz ist. Und ein Pizza-Wein-DVD-Abend zu viert – plus unerwartete Rückkehr von einer der vier und mit ihr verbrachte Nacht – hinterlässt wohl oder übel Spuren. Also Hausputz ohne Haus, das bedeutet, bei dreißig Quadratmetern ist das schnell erledigt.

Um ehrlich zu sein, macht mir nicht nur das Aufräumen Spaß, sondern ich hoffe auch, etwas zu finden, was Louise gehören könnte, etwas, das sie verloren, vergessen oder mit Absicht hiergelassen hat. Einen Ohrring, ihre Uhr, ihre Brille, einen Armreifen, einen Ring, ein Kleidungsstück, ihren Lippenstift, Puder, Wimperntusche.

Aber nein, Fehlanzeige, kein Stück Louise bei mir. Was vielleicht auch besser so ist, denn sonst würde ich mir doch bloß falsche Hoffnungen machen, und ich weiß, dass ich mir keine falschen Hoffnungen machen darf. Schließlich war sie nur zu mir heraufgekommen, um einen Schlussstrich unter ihr Junggesellinnendasein zu ziehen, vor ihrer Hochzeit in wenigen Wochen. Das jedenfalls hat sie mir erzählt, und ich habe es natürlich geglaubt.

Danach geht's Richtung Elternhaus, das berühmte sonntägliche Mittagessen, wobei »berühmt« nicht ironisch gemeint ist – ich habe nichts gegen diese Tradition, im Gegenteil. Sie gibt mir die Möglichkeit zu sehen, dass meine Mutter immer noch lebt und sie's selbst nicht fassen kann. Dass meinen Vater seine Arbeit immer noch nervt, ihn, der davon geträumt hatte, Dromedare, Lamas, Kondore, Schnabeltiere, Tapire, Ameisenbären und Tukane zu behandeln, und der sich stattdessen seit so vielen Jahren mit Horden von Katern und Rudeln von Dackeln begnügen muss, was er langsam wirklich satthat. Und dass meine Schwester Francine immer hübscher wird. Sie muss einen Verehrer haben, sonst wäre sie nicht so hübsch. Aber ich werde mich hüten, in ein Fettnäpfchen zu treten. Wenn sie darüber reden will, wird sie schon zu mir kommen.

»Hast du keinen Hunger?«, fragt mich meine Mutter enttäuscht, als sie mich im Essen herumstochern sieht, von dem ich sonst nicht genug bekommen kann.

»Nein, nicht besonders.«

»Fühlst du dich nicht gut?«, hakt mein Vater nach.

»Geht schon. Es ist nur wegen gestern Abend, ich war mit Freunden weg, wir sind spät ins Bett gekommen, und ich hab eben erst gefrühstückt.«

»Mit welchen Freunden denn?«, will meine Schwester wissen.

»Äh ... mit André ... und ein paar anderen, die ihr nicht kennt.«

»André? Ist der nicht in Indien?«

»Doch ... aber noch nicht ... Er hat seinen Abflug verschieben müssen ... Irgendein Problem der Fluggesellschaft ... Jedenfalls fährt er erst morgen.«

Warum diese Lüge, wo doch nichts dabei gewesen wäre zu erzählen, dass Madame Capliet und meine drei Kolleginnen zum Pizzaessen bei mir waren? Manchmal bin ich wirklich zu blöd.

Schweigen. Ich bin mir sicher, dass weder mein Vater noch meine Mutter noch meine Schwester mir auch nur ein Wort von dem glauben, was ich gerade gesagt habe. Sie beäugen mich argwöhnisch. Wittern etwas. Stellen Vermutungen an. Zählen eins und eins zusammen. Dann sagt meine Mutter:

»Du bist also verliebt?«

Ich bin sprachlos. Ich starre sie ungläubig an, bin so verdattert, dass ich noch nicht mal daran denke, rot zu werden. Sie erläutert ihre Diagnose:

»Wenn man verliebt ist, hat man weniger Appetit. Deine Schwester zum Beispiel – sie macht nicht so ein

Geheimnis daraus wie du – hat jemanden kennengelernt, also hat sie weniger Hunger als früher. Nur dass wir uns verstehen: Das ist ganz normal in ihrem Alter, und wenn du jetzt auch noch verliebt bist, dann werde ich mir sonntags demnächst einfach weniger Arbeit mit dem Kochen machen. Ein Glück, dass wenigstens euer Vater noch gut zulangen kann.«

Unser Vater, der sich gleich verpflichtet fühlt klarzustellen:

»Das stimmt schon, aber als ich eure Mutter kennenlernte, da habe ich sozusagen überhaupt nichts mehr gegessen. An der Grenze zur Magersucht war das, sosehr habe ich sie geliebt.«

»Lang ist's her ...«, fügt diese hinzu und betrachtet ihren Mann, der sich gerade nachnimmt.

Stummer Blickkontakt mit Francine, deren Augen mir bestätigen: »Ja, ich habe jemanden kennengelernt, aber na ja, nichts Ernstes, noch ziemlich unverbindlich, wir werden sehen, im Moment bin ich jedenfalls glücklich.« Verrückt, was ein Blick alles ausdrücken kann.

»Gut möglich also, dass mir deine Schwester noch vor dir einen Enkelsohn schenken wird.«

»Maman! Das ist kein Wettrennen, das hab ich dir schon mal gesagt!«

»Ja. Ich weiß. Aber Wettrennen hin oder her, das alles dauert eh noch so lange ...«

Und wir wissen genau, woran sie denkt. Sie steht auf mit einem Ausdruck, der jedem Melodrama gerecht werden würde, und bringt die Schüsseln in die Küche hinüber, wo sie, wenn alles glattläuft, vielleicht sterben wird. Aber nein, da kommt sie wieder mit dem Dessert und sagt, wenn sie das vorher gewusst hätte, hätte sie nur halb so viel eingekauft. Aber weil wir brave Kinder sind, wollen wir unsere Eltern auf keinen Fall enttäuschen, vor allem unsere Mutter nicht, die einen riesigen Kuchen aufgetischt hat. Also geben wir uns alle Mühe mit dem Kuchen – meine Schwester, als ob sie beim Nachtisch nicht mehr verliebt wäre, und ich, als ob ich nicht mehr an Louise denken würde.

»Ach ... seid ihr lieb«, sagt meine Mutter gerührt.

Woraufhin ich mich – nach dem traditionellen Kaffee und Calvados – von meinen Eltern verabschiedet habe. Meine Mutter drückte mich dabei fest an sich, wie jedes Mal, da sie jedes Mal überzeugt ist, es sei das letzte Mal. Zu Francine sagte ich, dass sie immer hübscher würde, worauf sie »danke« erwiderte. Ich fragte sie, wann sie mir ihren Verlobten vorstellen würde, sie sagte: »Weiß nicht, mal sehen«, und ich habe nicht weiter nachgebohrt. Am Ende der Straße gaben wir uns zum Abschied die Hand, ich bog um die Ecke und drängte mich in den RER-Zug.

Es war Sonntag, ich hatte nichts Besonderes vor, und, ohne darüber nachzudenken, fand ich mich plötzlich in dem Park wieder, in dem ich vor einiger Zeit den Mut gehabt hatte, dieses junge hübsche Mädchen anzusprechen, das Colette gelesen hatte: Colette. Ich hob den Kopf, um die Baumkronen zu betrachten, möglichst lange, dann senkte ich den Blick wieder bis auf Höhe der Spaziergänger und hoffte, Colette würde dort sitzen, auf der Bank gegenüber. Aber es funktionierte nicht, solche Tricks funktionieren nie. Ich hatte Louise im Kopf und kam hierher, um mich auf die Bank von Colette zu setzen. Das war schon ziemlich verwegen, so verwegen allerdings auch wieder nicht, denn es war nicht sehr wahrscheinlich, dass Colette heute hier aufkreuzen würde, eher äußerst unwahrscheinlich, würde ich sagen. Was Louise angeht, natürlich hatte ich sie im Kopf, aber viel lieber hätte ich sie in meinen Armen gehalten. In diesem Moment, am Sonntag, würde sie aber bestimmt in denen ihres Verlobten liegen.

Kinder liefen umher, deren Mütter sie bei ihren unsinnigen Vornamen riefen. Ein Sonntagnachmittag wie aus dem Bilderbuch.

»Hab ich Sie nicht schon mal irgendwo gesehen?« Ich drehe mich um: ein lächelndes Mädchen – um die fünfundzwanzig, nicht älter –, das sich traut, die Rollen zu vertauschen, und die Frage stellt, die sonst die Jungs den Mädchen stellen. Zumindest andere Jungs, denn ich habe mich nie getraut, solche Sprüche zu bringen, selbst wenn ich das Mädchen wirklich schon einmal gesehen hatte.

»Hallo«, sage ich, »ähm ... nein, ich weiß nicht, vielleicht schon, aber wo?«

»Ich bin Kellnerin im Restaurant *Chez Raoul*, auf

dem Boulevard. Vielleicht waren Sie mal zum Mittag- oder Abendessen da?«

»Nein, noch nie. Tut mir leid. Aber wenn Sie im *Chez Raoul* arbeiten, dann waren Sie bestimmt schon mal im *Stylo de Vénus*, der Papeterie neben dem Restaurant, und haben dort irgendwas gekauft. Da arbeite ich nämlich ...«

Sie schlägt sich mit der flachen Hand auf die Stirn, so wie der Kommissar in einer Fernsehserie, und setzt sich neben mich.

»Genau, Sie arbeiten in der Papeterie! Einmal war ich dort, um mir einen Radiergummi zu kaufen, da haben Sie mich bedient. Ich habe Sie gefragt, welche Radiergummis die besten sind, die effizientesten, und Sie haben mir mit Sicherheit einen sehr guten Radiergummi verkauft. Was schon witzig ist, denn die Erinnerung an Sie ist trotzdem noch nicht ausradiert.«

»Äh ja, das ist wirklich witzig«, sage ich.

»Die Welt ist klein, nicht wahr?«

»Winzig.«

Und wir plaudern weiter über banale Banalitäten, über belanglose Belanglosigkeiten, über dieses und jenes. Sie heißt Amandine wie das Mandelgebäck, und wegen ihres Namens hatte sie zunächst in einer Patisserie arbeiten wollen, sich dann aber mit dem Job als Kellnerin im *Chez Raoul* begnügen müssen. Ich freue mich, sie kennenzulernen – »ich heiße Thomas« –, sie freut sich auch, mich kennenzulernen.

Das wirklich Erstaunliche an unserer Begegnung – das noch Erstaunlichere als die Geschichte mit dem Radiergummi – ist, dass Amandine lange blonde Haare und helle Haut hat, möglicherweise Kaugummi kaut und damit vielleicht sogar Blasen macht: also kein Mädchen für mich. Weshalb sie mich im Endeffekt (so hätte es bestimmt Sandrine ausgedrückt, meine Kollegin, die in ihre Sätze immer ein »im Endeffekt« einbaut) nicht verunsichert.

So kam es, dass wir uns kennenlernten, einen entspannten Nachmittag miteinander verbrachten, ein bisschen spazieren gingen, einander versprachen, uns wiederzusehen, im *Chez Raoul*, in der Papeterie oder sonst wo. Und dass wir einfach so zu mir hätten gehen können, um etwas zu trinken und miteinander zu schlafen, nichts wäre einfacher als das gewesen. Aber dann schaute sie auf ihre Uhr und rief: »O Mist, ich komme noch zu spät!«, ohne mir zu sagen, wo sie zu spät kam, was mich im Übrigen auch nichts anging. Zum Abschied küsste sie mich auf die Wange – »gut, dann auf Wiedersehen, ja, es war nett, dass Sie mir Gesellschaft geleistet haben, hoffentlich bis bald« – und schwups war sie verschwunden. Die Mütter fingen gerade an, ihre Kinder mit den eigenartigsten Namen herbeizurufen.

Der Nachmittag mit Amandine bestätigte mir, dass ich mich gegenüber einem Mädchen natürlich, lustig und interessant verhalten konnte, wenn ich es auf den ersten Blick nicht allzu interessant fand. Wenn ich dagegen heimlich verknallt bin, fange ich sofort an, nur noch Blödsinn zu reden und alles falsch zu machen. Ich weiß das. Ich arbeite dran. Vergeblich. Ohne wirkliche Fortschritte. Vielleicht aus Angst davor zu versagen. Oder ist es noch einfacher: Macht Liebe dumm?

Unter diesen Bedingungen wäre es aber – falls es nicht schon an sich hochgradig unwahrscheinlich ist, überhaupt die Frau fürs Leben zu treffen – immer noch etwas völlig anderes, sie dann tatsächlich in den Arm zu nehmen und zu fragen, ob sie mich heiraten will. Aber da war ich ja noch nicht. Zumindest für den Augenblick noch nicht.

11

Der Tag nach dem Tag nach Louise

Montags sind die meisten Geschäfte geschlossen. Das *Stylo de Vénus* ist ein Geschäft wie die meisten: also geschlossen. Und ich stand vor heruntergelassenem Gitter, war sonst wo mit meinen Gedanken, jedenfalls kreisten sie nicht darum, dass Montag war. Um ehrlich zu sein, war ich mit meinen Gedanken aber auch nicht irgendwo, sondern bei Louise: Ich konnte es kaum erwarten, sie hinterm Verkaufstisch der Papeterie wiederzusehen. Zwischen uns sollte es wieder genauso sein wie achtundvierzig Stunden vorher, am Samstagmorgen zum Beispiel, als noch nichts zwischen uns geschehen war. Bis auf diese Situation, die auch schon so reizvoll, ja berauschend gewesen war, wer hätte das alles ahnen können. Aber es war Montagmorgen, wie mir die Rollläden leicht spöttisch in

Erinnerung riefen. Ich musste also bis zum nächsten Tag warten.

Gerne hätte ich Louise angerufen. Um ihr hallo zu sagen. Ihr zu sagen, dass ich an sie denke. Ihr vorzuschlagen, ins Kino zu gehen. Oder zum Montmartre. Oder ans Meer zu fahren. Irgendwohin.

Aber: 1. Sie anzurufen wäre ein Verstoß gegen unsere stillschweigende Vereinbarung der Geheimhaltung gewesen.

Mal abgesehen von: 2. Ich hätte riskiert, dass ihr Verlobter dranging, und das wäre auf jeden Fall eher ungeschickt gewesen, nein danke.

Und sowieso: 3. Ich hatte ihre Nummer nicht.

Mit diesen nutzlosen Fragen und wirren Gedanken stand ich wie angewurzelt vor dem Geschäft, das stumm und geschlossen blieb. So als wolle ich es allein mit der Kraft meiner Gedanken öffnen. Da hörte ich von rechts eine Stimme, die ich kannte:

»Sagen Sie, was genau machen Sie da?«

Eine Frage, auf die ich natürlich nichts zu erwidern wusste. Also meinte ich bloß:

»Nichts.«

Das war alles, was mir einfiel, aber es schien Amandine zufriedenzustellen. Sie trug bereits ihre Arbeitskleidung und stand in der Tür zum *Chez Raoul*.

»Haben Sie schon zu Mittag gegessen?«

Ich schaue auf meine Uhr, als ob die Antwort auf dem Ziffernblatt stünde.

»Nein.«

Ich gehe zu ihr hinüber, Küsschen links rechts, sie kringelt sich vor Lachen.

»Hallo. Haben Sie vergessen, dass Montag ist?«

»Hallo. Nein ... Es ist bloß ... Ich habe nur gedacht, dass ... äh ... wir heute Inventur hätten ... Ich muss mich im Tag vertan haben.«

»Na ja, dann essen Sie doch bei uns zu Mittag, dann sind Sie nicht umsonst gekommen.«

»Ja. Danke.«

»Ich lade Sie nicht ein, ich bin nur Kellnerin hier. Aber falls ich eines Tages die Besitzerin sein sollte, wird es mir eine Freude sein. Suchen Sie sich doch schon mal einen Platz, dann stehe ich Ihnen gleich ganz zur Verfügung.«

(Ah, dieser Satz »Dann stehe ich Ihnen gleich ganz zur Verfügung«, natürlich ohne jeden Hintergedanken ...)

Es war noch etwas früh, das Restaurant war leer, ich ließ mich auf den nächstbesten Stuhl fallen. Im *Chez Raoul* gab es einfache Gerichte, doch ich erinnere mich nicht mehr daran, was ich gewählt habe. Ich war viel zu entzückt, verwirrt, sehr verwirrt und stand neben mir angesichts dieser Amandine, der lächelnden Kellnerin, die zwischen den Tischen herumwirbelte mit naiver und spontaner Liebenswürdigkeit, irgendwie ganz hübsch, ohne Schickimicki und Trara. Sie war normal, alltäglich, eine Frau, wie man ihr in der Stadt begegnet, sozusagen eine Passantin, ein bisschen rundlich und wirklich sehr sympathisch, was ja schließlich genauso wichtig ist. Auf jeden Fall war sie in keiner Weise einschüchternd, und das machte sie natürlich noch sympathischer. Ich war überzeugt davon, dass wir eines Tages, und bestimmt schon in naher Zukunft, im Bett landen würden.

»Crème caramel? Crème brulée? Mirabellenkuchen? Faisselle mit Coulis von roten Früchten? Nougatparfait?« (Immerhin erinnere ich mich an die Liste der Desserts des Tages.)

»Ich weiß nicht. Was Sie möchten.«

»Nein, so geht das nicht, der Gast muss schon selbst wählen.«

»Was würden Sie denn nehmen?«

»Ich weiß nicht. Alles ist lecker.«

Wir losten mein Dessert aus, mit Zahnstochern – es ging darum, wer den kürzeren zog. Das Los fiel auf das Nougatparfait, womit ich mich anfreunden konnte. Ich habe noch einen Kaffee getrunken. Bezahlt. Und bin dann gegangen, als die ersten wirklichen Gäste kamen. Von weitem winkte ich Amandine ein »Wiedersehen« zu, worauf sie »bis bald« erwiderte, voller Verheißungen, die mich in meinem Gefühl bestärkten, dass wir uns noch näherkommen und in den Armen liegen würden, früher oder später, wo auch immer.

Schön, aber nicht gut: Ich konnte mit Amandine nichts anfangen, wenn ich gerade auf der Suche nach der Frau fürs Leben war. (In den Polizeiserien überträgt man dem Kommissar auch keinen neuen Fall, wenn er noch an einem anderen dran ist.) Oder aber ich musste mich – der Einfachheit halber – hier und jetzt dafür entscheiden, dass Amandine meine Frau fürs Leben war.

Bloß: Meine Frau fürs Leben wird mich durch ihre blendende Schönheit sofort einnehmen. Mich also verunsichern. Amandine ist weder eine blendende Schönheit noch verunsichernd. Sie hat keine kurzen und keine braunen Haare. Vielleicht kaut sie sogar Kaugummi. Etc. Sie ist es also nicht. Bedauerlich.

Ich weiß nicht, was ich gemacht habe, nachdem ich mich von Amandine verabschiedet habe. Der Rest des Montags ist an mir vorbeigezogen wie die Wolken am Himmel.

12

Der Tag nach dem Tag nach dem Tag nach Louise

Ein Glück, es ist Dienstag. Endlich.

Das *Stylo de Vénus* hat gerade aufgemacht. Alle sind etwas zu früh da, wie jeden Dienstag, als ob uns das Geschäft nach zwei freien Tagen fehlen würde. Jeder begrüßt jeden und andersrum. Es ist so, wie ich erwartet hatte: Wie immer, als ob nichts gewesen wäre, gebe ich Louise zur Begrüßung ein Küsschen auf die Wange, lege die Post auf dem Ladentisch ab, bringe gemeinsam mit Louise die Drehständer mit den Postkarten raus, füttere die Goldfische mit einer Prise Daphnien und erledige andere Dinge, die üblicherweise anfallen, wenn wir das Geschäft aufmachen. Ja, all das tun wir ohne jede noch so kleine Andeutung, die uns verraten könnte: kein Blick, kein heimliches Lächeln, keine Geste, nicht der geringste Körperkontakt, kein Wort zu viel und keins zu wenig, nichts zwischen den Zeilen, nichts, gar nichts; kaum zu glauben, aber wahr. Ich merke genau, dass uns beiden diese Situation gefällt, vor allem weil sie sie herbeigeführt, ersonnen, erdichtet hat.

Es tritt auf Madame Capliet, die sich wie gewohnt in Schale geschmissen hat. Sie verteilt Küsschen ans Personal, ans weibliche, ans männliche, erkundigt sich, ob alles in Ordnung ist, ob wir schon die Fische gefüttert haben, und sagt dann:

»Übrigens, Thomas, es war richtig schön bei Ihnen am Samstagabend!«

»Danke, Arlette.«

»Ich hoffe, wir haben kein allzu großes Chaos bei Ihnen hinterlassen?«

»Chaos? Nein, überhaupt nicht.«

»Na ja, Thomas, ein bisschen schon ...«

Louise hat das gesagt, und es ist dieser Funken Übermut in ihrer Stimme, der schon reichen würde, um die Geheimhaltung, auf die wir uns geeinigt hatten, innerhalb einer Sekunde zunichtezumachen. Das bleibt aber der einzige Verstoß am Dienstag und auch an allen darauf folgenden Tagen: Wir haben uns geliebt, eine Nacht lang, und keiner außer uns wird jemals davon erfahren.

Der Rest des Tages verläuft normal, jedenfalls normal für eine Papeterie, wo die Leute kommen und gehen, um zu finden, was sie suchen, oder nichts finden oder einfach lieber noch mal drüber nachdenken. Bis zu diesem, vor allem für mich, zweifach absolut einzigartigen Ereignis. Es war gegen fünfzehn Uhr:

Ein Kunde kommt herein, ein älterer Mann, hager, ganz in Schwarz gekleidet. Er nimmt den Hut ab, brummelt ein unverständliches Guten Tag, das sich in seinem fein gezwirbelten Schnurrbart verliert, zögert einen Moment, sieht sich um, blickt dann auf die Spitze seiner Schuhe, gleichsam erstaunt, dass sie es geschafft haben, ihn bis zu diesem Ort zu bringen. Schließlich schaut er wieder auf, steuert auf mich zu, obwohl ich ihm, absichtlich, den Rücken zugewandt habe: Er war mein Lehrer für Physik und Chemie am Gymnasium Paul-Bert, ich weiß noch seinen Namen, Monsieur Cornille. Ich war ein mieser Schüler und habe diese beiden Fächer gehasst. Er hatte mich immer auf dem Kieker, deshalb drehe ich ihm jetzt den Rücken zu und tue so, als wäre ich mit etwas anderem beschäftigt, in der Hoffnung, dass er zu Louise Sandrine Yvette geht und ich währenddessen im Lager verschwinden kann. Aber nein, er scheint lieber von Männern als von Frauen bedient zu werden, und so fällt die Wahl auf mich.

»Guten Tag, junger Mann, hätten Sie Auffüllpatronen für den hier?«

Ich drehe mich um. Zwischen Daumen und Zeigefinger hält er einen alten ausgelaugten Parker, von dem ich mir fast sicher bin, dass er ihn auch schon in der Schule hatte. Er schaut mich ohne eine besondere Regung an, jedenfalls mit dem Ausdruck von jemandem, der seinen alten Schüler nicht wiedererkannt hat. Allerdings ist es ja auch schon eine Weile her, und ich war einer von vielen.

»Also? Haben Sie?«

»Leider nein, Monsieur, Sie haben da ein Modell, das schon seit einiger Zeit nicht mehr hergestellt wird. Aber wir haben einen Lieferanten, über den wir die Patronen für Ihren Füller besorgen können. Leider geht das nur auf Bestellung.«

»Kein Problem. Daran bin ich gewöhnt.«

Ich beuge mich über unser Bestellbuch, zumindest kann ich so dem Blick dieses kahlen Kauzes ausweichen.

»Möchten Sie gleich mehrere Schachteln?«

»Ja, vier. Es ist so schwierig, sie zu finden.«

»Ich werde die genaue Bezeichnung Ihres Füllers notieren, erlauben Sie?«

»Bitte sehr.«

»Sie müssen mit zwei Wochen rechnen.«

»Das ist nicht schlimm. Ich habe noch welche.«

»Auf welchen Namen?«

Über den Ladentisch beugt er sich zu mir herüber, so etwas wie ein Lächeln bahnt sich einen Weg durch seine Falten.

»Cornille. Nicht Corneille wie der Dramatiker, sondern Cornille. Wie der Lehrer für Physik und Chemie.«

Ich schaue auf. Stumm. Sprachlos. Werde etwas rot, was soll's, das letzte Mal ist lange her.

»Wissen Sie, Thomas«, fährt er mit tiefer Stimme

fort, »Lehrer können sich nicht an alle Schüler erinnern, die sie gehabt haben, man vergisst viele von ihnen, man bemüht sich sogar, einen Großteil von ihnen zu vergessen. Bei mir läuft das nach einem ganz simplen Prinzip: Ich erinnere mich nur an diejenigen, die sehr gut waren, und an diejenigen, die sehr schlecht waren. Ich muss Ihnen wohl nicht sagen, dass Sie sich mir tief ins Gedächtnis eingegraben haben.«

Dabei tippte er sich mit dem Zeigefinger an die Stirn.

»Und Sie arbeiten jetzt also in dieser Papeterie hier, interessant. Angesichts Ihrer Heldentaten im Unterricht hatte ich ja nie erwartet, Sie einmal in einem Forschungslabor anzutreffen, aber trotzdem, das ist jetzt ja nicht gerade das Gelbe vom Ei!«

»Doch, doch, es ist alles in Ordnung.«

»Na ja, wenn alles in Ordnung ist ... Also dann, auf Wiedersehen, Thomas, und vergessen Sie meine kleine Bestellung nicht.«

»Sie können sich auf mich verlassen.«

»Es hat mich gefreut, Sie wiederzusehen.«

»Mich auch, Monsieur Cornille.«

Ich weiß nicht, wie es ihm geht, aber alles in allem hat es mich wirklich nicht nicht gefreut, zumindest amüsiert hat es mich. Wir lächeln uns also an, und einen Moment lang ist es, als hätten wir uns auf eine Amnestie geeinigt und entschieden, dass Nichtsnutz und Chemielehrer alles begraben könnten, was sie vor einigen Jahren zu Feinden gemacht hat und weshalb sie sich – gegenseitig – manchmal am liebsten umgebracht hätten.

Monsieur Cornille will seinen Hut wieder aufsetzen wie einer, der sich auf Kopfbedeckungen versteht und auf Manieren, als er auf einmal zu einer Wachsfigur wie aus dem *Musée Grévin* erstarrt. Ohne ein Wort, ohne einen Schrei, sogar ohne einen Seufzer oder ein Schluchzen. Er kann weder seinen Hut wieder aufsetzen noch gelingt ihm ein anderer Handgriff, wie abgestoppt, festgefroren, versteinert, als hätte er plötzlich Wurzeln geschlagen, er bewegt sich einfach nicht mehr, überhaupt nicht. Am Anfang bekommt keiner was mit, nur ich sehe genau, dass da etwas nicht stimmt, und weiß noch gar nicht, wie recht ich damit habe. Denn nach einigen Sekunden dieser plötzlichen Unbeweglichkeit stürzt er zu Boden und hält sich die Brust, während sich seine Hände krampfhaft an der Strickweste festklammern – nachdem er seinen Filzhut weggeschleudert hat, der, wie im Comic, auf dem Kopf einer Kundin landet, die sogleich einen schrillen Schrei ausstößt. Es wird immer unklar bleiben, ob die Ursache dafür der Hut war, der so überraschend angeflogen kam, oder aber der Anblick dieses schwarzen hageren Mannes, der sich auf dem Fußboden des *Stylo de Vénus* krümmte.

Innerhalb weniger Sekunden herrscht Hektik im Laden. Meine verängstigten Kolleginnen führen in Zeitlupe die Hand vor den Mund. Alle weichen zurück vor der darniederliegenden Gestalt – damit sie besser Luft bekommt, sagt man. Die kreischende Kundin knetet den weichen Hut. Die anderen stehen dumm herum, wissen nicht, was sie tun sollen. Ich auch nicht, muss ich zugeben. Madame Capliet hingegen reagiert geistesgegenwärtiger als wir alle zusammen, bestimmt will sie uns zeigen, dass sie auch in brenzligen Situationen alles unter Kontrolle hat. Schon hat sie sich das Telefon geschnappt, die Nummer der Polizei oder der Feuerwehr gewählt, Epilepsie diagnostiziert, auf einem Krankenwagen bestanden, die Adresse des Geschäfts durchgegeben. Als sie auflegt, sagt sie:

»Sie werden in drei Minuten da sein.«

In der Tat, keine drei Minuten später – wir standen alle noch ungefähr in derselben Position, wie in einem Standbild, während Monsieur Cornille etwas aus dem rechten Mundwinkel sabberte – ertönte am Ende des Boulevard ein Sirenengeräusch, das immer lauter und auf Höhe des Geschäfts schließlich ohrenbetäubend wurde. Feuerwehrmänner kamen herein, verluden den Lehrer für Physik und Chemie, und Madame Capliet rief uns zu:

»Ich begleite ihn!«

Ohne sich die Mühe zu machen oder die Zeit zu nehmen, noch eine Jacke überzuziehen, war sie fort – mit den Feuerwehrleuten und dem mutmaßlichen Epileptiker, der Sirene und der ganzen Aufregung.

Im *Stylo de Vénus* kehrte wieder Ruhe ein. Aber keine echte Ruhe. Eher ein bisschen bleiern. Keiner sagte etwas, bis auf ein vages »Unfassbar ...«, aber ich weiß nicht, aus welchem Mund es kam. Die Kunden bezahlten ihre Einkäufe. Kehrten zurück auf die Straße und zu ihrem Tagesablauf. Wir vier fuhren allmählich wieder hoch, wie wenn bei einem Scheinwerfer nach einem Stromausfall der Saft zurückkehrt.

»Wirklich unfassbar!«, meinte Yvette, indem sie vorsichtig an das eben Gesagte anknüpfte.

»Was hatte er denn?«, fragte Louise mit einem leichten Zittern.

»Schwer zu sagen«, erwiderte ich, »das kann alles Mögliche sein.«

»Madame Capliet hat von Epilepsie gesprochen.«

»Kann sein ...«

»Was ist das?«

»Das ist schlimm.«

»So ein vornehmer Herr«, bemerkte Yvette, als ob die Tatsache, ein »vornehmer Herr« zu sein, vor gesundheitlichen Problemen schützen müsste.

»Es ist trotzdem komisch, ja doch, irgendwie ist es komisch, ich kenne den Mann ja, er war mein Lehrer für Physik und Chemie auf dem Gymnasium, und ich habe ihn so sehr gehasst, dass ich mir oft seinen Tod gewünscht habe. Vielleicht war das ...«

»Glauben Sie etwa, dass er sterben wird?«, fragte Louise entsetzt.

»Ich weiß nicht. Ich kenne mich da nicht aus.«

»Das ist alles so schnell gegangen.«

»Ja, schneller als man gucken konnte.«

»Jetzt hat er im Endeffekt jedenfalls seinen Hut vergessen«, stellte Sandrine fest, die bis dahin noch keinen Ton gesagt hatte.

Tatsächlich, da lag der Hut auf dem Boden, verwaist, unförmig. Ich hob ihn auf und verpasste ihm wieder eine halbwegs menschliche Form, wenn man das so sagen kann, und versteckte ihn im Lager, so wie man belastendes Beweismaterial versteckt, das aber was beweisen soll? Ich weiß nicht, was andere gemacht hätten, aber es war offensichtlich, dass man den Hut nicht auf dem Ladentisch herumliegen lassen konnte. Das war einfach kein Platz für einen Hut, in einem Hutgeschäft wäre das vielleicht anders, aber nicht in einer Papeterie.

Ende des ersten Zwischenfalls, der schon an sich ziemlich einzigartig wäre und sicher ausreichend, um den Tag zu einem besonderen zu machen und Gesprächsstoff für diesen, den nächsten Tag und den Rest der Woche zu liefern. Aber manchmal behält sich das Leben unerwartete Wendungen vor, ohne sich die Mühe zu machen, diese auf mehrere Tage zu verteilen. Genauso war es an diesem Dienstag.

In der Papeterie, in der es jetzt wieder ruhiger zuging – und in die seit bald einer Stunde kein Mensch mehr seine Nase hereingesteckt hatte, als ob die Kunden und Kundinnen aus Respekt vor dem, was sich gerade ereignet hatte, für einen Moment von ihren Einkäufen absehen würden – in der friedlichen Papeterie also ging die Tür auf, und ein junges Mädchen trat ein.

»Guten Tag«, sagte sie fröhlich.

Da stand ich und bekam den Mund vor Staunen nicht mehr zu: Mitten im Geschäft stand Colette, die Colette-Leserin Colette, hübscher denn je.

Sie schaute sich um, als suche sie etwas oder jemanden.

»Wie kann ich Ihnen helfen?«, fragte Yvette oder Louise oder Sandrine.

»Äh ... na ja ... Ich würde gerne eine Postkarte kaufen, bitte.«

Ich hätte schwören können, dass Colette beim Hereinkommen keine Ahnung hatte, was sie kaufen würde, noch nicht einmal, ob sie überhaupt etwas kaufen würde und sicher keine Postkarte. Aber ich kann mich auch irren.

»Ja, gerne, sie stehen alle draußen in den Drehständern. Was für eine Art Postkarte soll es denn sein?«, fuhr die betreffende Verkäuferin fort.

»Das weiß ich noch nicht, ich muss sie mir anschauen.«

Dann wandte sich Colette mir zu und lächelte mich mit entwaffnender Natürlichkeit an:

»Könnten Sie mir wohl helfen, eine auszusuchen?«

»Äh ... ja, natürlich.«

Ich kam hinterm Ladentisch vor, öffnete Colette die Tür, und gemeinsam gingen wir hinaus, hinter uns natürlich das diskrete Gekicher und die vielsagenden Blicke des Damentrios.

»Was suchen Sie denn, haben Sie schon eine Vorstellung?«

»Ich weiß nicht, nein, eigentlich habe ich bisher kaum eine Vorstellung, deshalb ist es gut, wenn Sie mir helfen.«

Ich drehte den Ständer und zeigte ihr die verschiedenen Ansichtskarten – Bilder von Paris, Reproduktionen von Gemälden und Scherzkarten –, ohne recht zu wissen, in welche Richtung ich sie beraten sollte.

»Ein lustiger Zufall, dass ich Sie hier wiedertreffe, nicht?«, sagte Colette.

»Ja, das ist lustig, da haben Sie recht, manchmal gibt es Zufälle …«

»Eigentlich glaube ich normalerweise nicht an Zufälle, aber in diesem Fall lässt es sich kaum leugnen.«

»Ach, sehen Sie! Sie tragen die Turnschuhe, die Sie mit Ihrer Freundin an dem Tag gekauft haben, an dem ich Ihnen nachgegangen bin.«

»Verrückt, das ist wirklich ein Zufall!«, meinte sie lachend. »Wo ich doch gar nicht wusste, dass ich Sie wiedersehen würde.«

Ihr glucksendes Lachen war wie eine Hundert-Watt-Glühbirne, die angeknipst wurde und ihr Gesicht noch mehr zum Leuchten brachte. Was kaum vorstellbar schien.

»Gut, dann also diese Karte hier?«

»Es ist nicht so einfach, Sie zu beraten«, sagte ich, »eine Postkarte ist etwas ganz Persönliches, wissen Sie.«

»Sie müssen nur eine aussuchen, die Sie gern jemandem schicken würden, den Sie gern haben.«

Jetzt wurde es einfacher. Es gab einige Nachdrucke von Gemälden Albert Marquets, die ich Madame Capliet für unser Sortiment empfohlen hatte, als der Händler vorbeigekommen war. Nicht nur deshalb, weil ich neben der ewigen, langweiligen *Mona Lisa* für etwas Abwechslung sorgen wollte, sondern auch, weil er ganz einfach mein Lieblingsmaler ist. Albert Marquet also, *La Samaritaine und Pont Neuf*, von seinem Balkon am Quai des Grands Augustins aus gesehen, da war sie, ich zog die Karte hervor und gab sie Colette. Sie schaute sie sich an.

»Das ist hübsch.«

»Er ist mein Lieblingsmaler«, vertraute ich Colette an, als würde ich sie in ein Geheimnis einweihen.

»Wie viel macht das?«

»Nichts. Ich schenke sie Ihnen.«

»Sehr nett von Ihnen, aber das ist mir unangenehm.«

»Ja, Sie haben recht, das ist wirklich ein königliches Geschenk.«

»Also gut, danke. Auf Wiedersehen.«

»Auf Wiedersehen, Colette.«

Und hopp, war sie fort, mit *La Samaritaine* in der Hand. Nach rund zwanzig Metern drehte sie sich noch einmal um und winkte mir zu. Sie musste gespürt haben, dass ich mich keinen Millimeter wegbewegt hatte und mein Blick ihr gefolgt war. Was nicht so dramatisch war, denn ihr nur mit meinem Blick zu folgen, war wirklich halb so wild. Ich winkte zurück, und sie tauchte in den Menschenstrom des Boulevard ein und war verschwunden.

Ich ging wieder ins Geschäft, wo mich anzügliches Grinsen empfing. Ich grinste zurück, während ich zwei, drei Dinge in Ordnung brachte, die eigentlich in Ordnung waren, um wieder ins Gleichgewicht zu kommen. Was war denn schon dabei? Ein junges, ziemlich hübsches Mädchen (o ja, unglaublich, wie hübsch Colette war) hatte mich gebeten, ihr zu helfen, eine Postkarte auszusuchen. Gut, nichts weiter, kein Grund, sich den Kopf zu zerbrechen.

Da stürzte Madame Capliet herein, aufgewühlt, verstört, und stieß erschöpft hervor:

»Er ist tot.«

Wir begriffen nicht sofort, weil wir, die drei Mädels und ich, nach dieser Geschichte mit der Postkarte und dem hübschen Mädchen noch ganz woanders waren, aber dann wurde mir klar, was Arlette uns gerade gesagt hatte:

»Monsieur Cornille? Er ist tot?«

»Kannten Sie ihn?«, fragte mich Madame Capliet erstaunt.

»Ja klar«, sagte Louise, »er war Thomas' Lehrer für Physik und Chemie auf dem Gymnasium.«

»Apropos, Thomas hat uns gebeichtet, wie oft er sich seinen Tod gewünscht hat.«

»Wie furchtbar!«, rief Madame Capliet.

»Ich habe Physik und Chemie einfach gehasst. Aber das ist lange her, und eben waren wir dabei, Frieden zu schließen.«

»Tja, davon hat der arme Mann nicht mehr viel gehabt ...«

»Vielleicht ist es sogar das, was ihn umgebracht hat«, überlegte Yvette.

»Was?«

»Na ja, Thomas wiederzusehen und mit ihm Frieden zu schließen.«

Madame Capliet zuckte die Schultern oder verdrehte die Augen, wahrscheinlich tat sie beides gleichzeitig und meinte dann nur:

»Trotzdem, unfassbar ...«

»Ja, genau das haben wir vorhin auch gedacht«, sagte ich abschließend.

Wir kehrten zurück zum normalen Programm eines späten Nachmittags im *Stylo de Vénus*, und bis zum Abend erwähnte keine der vier – weder die Chefin noch die Kolleginnen – den Tod von Monsieur Cornille. Aber eine gewisse Traurigkeit war deutlich spürbar.

Ich wusste nicht recht, ob ich traurig war oder nicht. Und so empfand ich nichts Besonderes dabei, das Buch zu nehmen und die Bestellung der Tintenpatronen für

Monsieur Cornille mit einem roten Kugelschreiber doppelt durchzustreichen.

Fünf Minuten später schlossen wir das Geschäft.

Es war noch früh, das heißt neunzehn Uhr, die meisten Geschäfte schließen ja um neunzehn Uhr. Ich lief ein bisschen durchs Viertel, die Arme hinterm Rücken verschränkt, um mir alles noch mal durch den Kopf gehen zu lassen, was heute passiert war, da kam schon eine geballte Ladung an Emotionen zusammen. Dann bin ich in dem Café etwas trinken gegangen, wo die zauberhafte Olga leider nicht mehr arbeitet – mir scheint es schon eine Ewigkeit her, dass sie in ihre Heimat zurückgegangen ist. Ich ließ die Minuten verstreichen, dann die Stunden, leerte drei Gläser Chinon, aß die dazugehörigen Erdnüsse und Oliven und überquerte dann gegen neun den Boulevard, um im *Chez Raoul* zu Abend zu essen. Dort war wenig los, und Amandine begrüßte mich mit einem Lächeln:

»Ah, Sie schon wieder, Ihnen gefällt's hier wohl?«

»Ja. Sehr. Um wie viel Uhr machen Sie Feierabend?«

»Kann ich nicht genau sagen. Das hängt davon ab, ob viel los ist oder nicht. Gerade ist es ruhig, keine Ahnung, warum. So wie immer am Dienstag, in zwei Stunden ist hier tote Hose.«

»Stört es Sie, wenn ich auf Sie warte?«

»Aber nein, gar nicht, im Gegenteil.«

Und hopp gab sie mir die große Tafel, auf der das

Tagesmenü notiert war. Ich habe bestellt, gegessen, gesessen, um elf Uhr war ich der letzte Gast, Amandine verschwand als Kellnerin und kehrte in ihren normalen Klamotten zurück. Gut gelaunt und ungezwungen kam sie zu mir herüber.

»Gehen wir?«

Wir sind also gegangen. Amandine war einverstanden, dass ich sie begleite. Einverstanden, noch ein kleines Stück zu laufen. Einverstanden, dass es angenehm mild war. Einverstanden, dass wir uns nicht sofort verabschieden mussten, als wir vor ihrer Haustür standen. Einverstanden, dass ich noch mit hochkam. Einverstanden, dass wir uns küssten. Einverstanden, dass wir miteinander schliefen. Es war, wie ich es mir vorgestellt hatte: schön und ohne großes Brimborium, leicht, man könnte sagen, vergnügt. Nur dass ich, während ich mit Amandine schlief, ständig an Colette denken musste. Und darauf war ich nicht besonders stolz. Auch wenn ich nichts dafür konnte.

Amandine ist dann eingeschlafen, mit einem Lächeln auf den Lippen, und ich bin nach Hause gegangen. Zu Fuß. Es war ganz schön weit. Es war ganz schön spät. Immerhin war es immer noch angenehm mild. Und ich musste dringend Zwischenbilanz ziehen. Das war nicht schwer:

Innerhalb von vier Tagen hatte ich mit zwei Frauen geschlafen. Es gab also so eine Art Streuung. Planlosigkeit. Chaos. Beliebigkeit. Folglich musste ich mich wieder stärker auf mein Ziel konzentrieren, wenn ich eines Tages (und bevor ich dreißig war) die Frau fürs Leben finden, sie heiraten und mit ihr ein Kind zeugen wollte, und zwar ehe meine Mutter sterben würde.

13

Beerdigung und Postkarte

Einige Tage später fand die Beerdigung meines Physik- und Chemie-Lehrers statt. Madame Capliet hatte sich nach dem Tag, der Uhrzeit und dem Ort erkundigt, sie wollte unbedingt hingehen.

»Alles andere wäre unprofessionell, schließlich ist er quasi in meinem Laden gestorben ...«, sagte sie bestimmt, entschlossen, und fügte im gleichen Ton hinzu: »Thomas, Sie begleiten mich« (das war keine Frage), »die Mädchen können den Laden auch ein paar Stunden ohne uns hüten.«

Die Beerdigung fand in der Pariser Banlieue statt, wobei eine Beerdigung ja schon an sich nicht besonders fröhlich ist. Zum Glück war wenigstens gutes Wetter. Wir hatten ein bisschen Schwierigkeiten, den Friedhof zu finden; Arlette fuhr, während ich mein Bestes tat, um ihr den Weg zu weisen, und den Stadtplan in alle möglichen Richtungen drehte und verdrehte.

Schließlich trudelten wir doch noch am Friedhof ein, zugegeben mit Verspätung, aber zum Glück, wenn man das so sagen darf, war Monsieur Cornille noch nicht unter der Erde. Bestimmt waren andere Teilnehmer genauso herumgeirrt wie wir.

Die Anzahl der Gäste war überschaubar. Eine Witwe gab es offensichtlich nicht, was anzunehmen war, da Monsieur Cornille schon damals allein gelebt hatte und der Typ Mann war, der auch allein blieb. Deshalb also keine Kinder, kaum Angehörige, wie mir schien, vielleicht ein paar entfernte Bekannte und halbbekannte Nachbarn, insgesamt waren die Gäste also wirklich dünn gesät. Interessanter war, dass auch einige alte Schüler da waren – die guten, versteht sich, die Klassenbesten. Sie alle hatten zehn oder zwanzig Kilo zugelegt, trugen eine zerknirschte Leidensmiene zur Schau, wie es sich auf Friedhöfen gehört, und wurden von ihren Frauen begleitet, die von dem Todesfall weniger betroffen schienen. Ich war also der einzige Nichtsnutz weit und breit und hielt mich wie in der Schule lieber im Hintergrund.

Von hinten konnte ich die Chemiker- und Physikerfrauen zu drei viertel betrachten, und keine von ihnen interessierte mich. Das bedeutet: Bei keinem der Pärchen geriet ich ins Schwärmen. Sie alle hatten zu schnell geheiratet, hatten dringend unter die Haube kommen,

Kinder in die Welt setzen und einen Volvo fahren wollen, hatten es kaum erwarten können, dass ihnen die ersten Haare ausfallen. Insofern war ich nicht unzufrieden damit, bislang gewartet zu haben, auch wenn ich mich teilweise unter Druck gesetzt fühlte (hauptsächlich von meiner Mutter). Ich ging nicht davon aus, meine Frau fürs Leben auf der Beerdigung von Monsieur Cornille zu treffen – obwohl das Schicksal ja manchmal seltsame Wendungen bereithält –, aber für alle Fälle verschaffte ich mir kurz einen Überblick, der die Wahrscheinlichkeit, mich hier friedhöflich zu verlieben, allerdings auf null schrumpfen ließ: Frauen ohne jede Ausstrahlung, ohne Charme, ohne Klasse, farblos und langweilig, größtenteils verheiratet – schlecht verheiratet, aber verheiratet. Und keine von ihnen hatte den Mut gehabt, ihren Friseur zu bitten, ihr die Haare kurz zu schneiden, um sich von den anderen etwas abzuheben und etwas Besonderes zu sein, modern, forsch.

Damit hatte ich mir meinen Überblick verschafft.

»Ich mag keine Beerdigungen«, raunte Madame Capliet, »ich schaffe es einfach nicht, den Körper zu vergessen, der im Sarg liegt, und dann muss ich weinen.«

Tatsächlich hatte Arlette Tränen in den Augen. Um sie zu trösten, legte ich ihr spontan den Arm um die Schulter. An meiner Seite ließ sie ihren Tränen freien Lauf, schluchzte stoßweise, und während sich die Sonne hinter einer vorbeiziehenden Wolke verbarg und die matten Blicke der Trauergemeinde nur noch ins Leere gingen, wurde Monsieur Cornille langsam ins Grab hinuntergelassen.

»Gehen wir?«, fragte ich.

»Nein, das können wir nicht machen«, antwortete Arlette, »das wäre taktlos.«

»Aber dann gehen wir als Letzte ans Grab.«

»Wenn Sie möchten«, stimmte sie zu, ohne weitere Erklärungen zu verlangen.

Wir blieben so stehen, ohne uns von der Stelle zu bewegen, wie angewurzelt, zwei Bäume, Madame Capliet an mich geschmiegt, ich konnte ihr Parfüm und den Geruch ihrer Haare riechen, die fleischigen Schultern spüren, ihre Hüfte an meiner, ihr Körper an meinem, als ob diese Vertrautheit normal wäre. Natürlich hatten wir es nicht eilig und harrten geduldig aus, bis wir an der Reihe waren, überm Sarg ungeschickt mit dem Weihwasser zu hantieren – und sie ließen sich reichlich Zeit, die Freunde, Nachbarn, Chemiker und Physiker. Wenigstens musste ich so nicht meinen alten Mitschülern gegenübertreten, was garantiert der eigentliche Segen war.

Schließlich waren alle Anwesenden am Sarg gewesen, hatten sich in kleinen Gruppen zusammengefunden und unterhielten sich nun, da der Verstorbene unter der Erde war, über alles Mögliche. Wir gingen vor bis zum Grab, mein Arm war immer noch um Arlettes Schulter gelegt, ich fragte mich, was die Leute von dieser behelfsmäßigen Liaison halten mochten, wir konnten weder Mutter und Sohn sein noch Mann und Frau oder Geliebter und Geliebte. Aber sollten sie doch denken, was sie wollten. Es schaute sowieso niemand zu uns herüber. Madame Capliet konnte also weiter an meiner Schulter schluchzen. Weihwasser. Stilles Gedenken. Vermutlich ein kurzes Gebet. Und als wir den toten Lehrer hinter uns zurückließen, bedauerten wir es nicht, lebendig zu sein.

Im Auto schnäuzte sich Madame Capliet ein letztes Mal und sagte knapp:

»Danke, Thomas.«

Dann ließ sie den Motor an, und wir fuhren zurück nach Paris. Innerhalb einer Minute war sie wieder zur Chefin des *Stylo de Vénus* geworden.

Im *Stylo de Vénus* lief alles bestens, meine drei Kolleginnen wussten, was zu tun war, und hielten das Geschäft auch ohne uns bestens in Schwung, zumindest während ein paar Stunden. Ich befürchtete, dass jetzt abgedroschene Fragen kommen würden wie »Waren viele Leute da?« oder »Haben Sie leicht hingefunden?«, ganz zu schweigen von »Wie war es denn so?«. Aber Arlette kam all solchen Ungeschicklichkeiten zuvor, indem sie ein »Alles in Ordnung hier?« in die Runde rief, worauf Louise, Yvette und Sandrine im Chor antworteten: »Alles in Ordnung hier, Madame Capliet.« So als ob sie das schon tausendmal gemacht hätten, was ja auch möglich ist.

Ich will gerade meine Jacke im Lager aufhängen, neben dem Hut des Verstorbenen, als mir Sandrine sagt:

»Da ist Post für Sie, Thomas, drüben auf dem Ladentisch.«

»Post?«

»Ja, ein Brief.«

Und tatsächlich liegt da ein Brief, auf dessen Umschlag in schöner Schrift geschrieben steht: »Thomas – *Papeterie Le Stylo de Vénus*«, darunter die Adresse des Geschäfts. Aufgeregt und neugierig – das wäre ich auch schon bei weniger spektakulären Ereignissen – stopfe ich den Umschlag in die Innentasche meiner Jacke, hänge sie auf und gebe mich möglichst unbeeindruckt.

»Ja wie, wollen Sie ihn nicht aufmachen?«, fragt Madame Capliet.

»Doch, doch, aber nicht jetzt ... ich ... ich weiß, worum es geht ... es ist nichts Dringendes.«

»Ganz wie Sie meinen, wenn es nichts Dringendes ist.«

Und ich mache weiter wie bisher, als ob nichts gewesen wäre. Aber während ich mich bemühe, den Extrawünschen einer anstrengenden Kundin bestmöglich gerecht zu werden, muss ich ständig an diesen Brief denken. Der hierher geschickt worden ist. Obwohl niemand oder fast niemand weiß, wo ich arbeite. Höchstens meine Eltern und meine Schwester, aber eigentlich wissen sie bloß, was ich arbeite, und das heißt ja noch nicht, dass sie die Adresse kennen. Oder André, aber es ist nicht seine Handschrift, außerdem schreibt er nie, und überdies ist er in Indien, und der Brief wurde in Paris aufgegeben.

Als die anstrengende, uninteressante Kundin hat, was sie will, täusche ich einen plötzlichen Anfall von Erschöpfung vor, quasi eine Nachwirkung der Beerdigung. Vorsichtig sage ich:

»Ich bin plötzlich so müde. Ich gehe gerade mal gegenüber einen Kaffee trinken.«

»Gehen Sie«, meint Madame Capliet, »es ist ja eh nicht viel los.«

»Danke, Arlette«, antworte ich, als ob die flüchtige Vertrautheit zwischen uns auf dem Friedhof es mir erleichtern würde, sie ohne Schwierigkeiten bei ihrem Vornamen zu nennen.

Ich will gehen, klingeling, ich öffne die Tür, aber:

»Sie haben Ihren Brief vergessen«, bemerkt Madame Capliet, ohne auch nur für einen Moment von ihrer Arbeit aufzublicken.

Spotlight on, auf frischer Tat ertappt, als Dilettant und Trottel überführt. Ich gehe wieder zurück, von der Tür zum Lager, dann vom Lager zur Tür, aber jetzt mit dem Umschlag in meiner Hand, während mir vier Augenpaare mit einer Mischung aus Ironie und Schadenfreude im Rücken brennen.

Dann bin ich draußen, gehe über den Boulevard, setze mich ins Café, bestelle einen *café express*, auf den ich, wie sein Name schon sagt, nicht lange warten muss.

Endlich öffne ich den Umschlag. Es ist die Karte von Albert Marquet. Auf der Rückseite steht in derselben hübschen Mädchenschrift:

Ich habe Sie gebeten, eine Karte auszusuchen, die Sie gerne verschicken würden, aber eigentlich wollte ich wissen, welche Sie gerne bekommen würden. Es hat mich gefreut, Sie wiederzusehen. Also bis bald, denn aller guten Dinge sind bekanntlich drei – Colette.

Ich bestellte noch einen Kaffee. Ein Cognac wäre auch nicht schlecht gewesen. Anschließend kehrte ich zurück ins Geschäft, wo mich die gleichen Blicke wie zuvor empfingen, obgleich man so tat, als wäre nichts.

»Wie geht es Ihnen, Thomas?«, fragte Madame Capliet.

»Sehr gut, Arlette, ja, es geht mir schon viel besser.«

»Wunderbar.«

Und dann ging es wieder los, die Kunden standen Schlange, und wir hatten anderes im Kopf, *die anderen* jedenfalls hatten anderes im Kopf, ich nicht: unmöglich, an etwas anderes zu denken als an *La Samaritaine und Pont Neuf*, Albert Marquet und Colette.

In der folgenden Nacht kam ich nicht zur Ruhe, so kann man das sagen, denn wie soll man ruhig schlafen mit Colette im Kopf? Die Situation war einfach und kompliziert zugleich, wie in einem Drama von Corneille. Colette wusste, wo ich zu finden war, während ich keine Ahnung hatte, wo ich Colette finden könnte.

»Da sie jetzt weiß, wo ich arbeite, braucht sie nur im Geschäft vorbeizukommen, wenn sie Lust hat, mich zu sehen. Oder mir schreiben, um sich mit mir zu verabreden.«

»Ja, aber wenn sie nicht vorbeikommt, wenn sie darauf keine Lust hat, wirst du sie nie wiedersehen.«

»Aber auf der Karte stand *Aller guten Dinge sind drei*. Das klingt, als wolle sie mich wiedersehen.«

»Also mach dir keine Sorgen, sie wird schon vorbeikommen.«

»Zumal sie weiß, dass ich nicht die Initiative ergreifen kann.«

»Siehst du, es gibt keinen Grund, sich Sorgen zu machen.«

Ich hatte angefangen, mit mir selbst zu reden, murmelte die Fragen und Antworten also halblaut vor mich hin, was ich bei anderen eigentlich irritierend und nervig finde. Durch diese einsame Unterhaltung wurde es, ehe ich mich versah, erst zwei Uhr, dann drei Uhr morgens. Ich kam also nicht zur Ruhe, wälzte mich stundenlang ununterbrochen von der einen auf die andere Seite, wütend, dass ich nicht einschlafen konnte, von dem Gedanken gequält, der Gunst oder Missgunst eines jungen Mädchens ausgeliefert zu sein, aufgewühlt, weil ich an nichts anderes denken konnte. Außer daran, dass am nächsten Sonntag der Geburtstag meiner Mutter anstand und ich nicht die leiseste Ahnung hatte, was ich ihr schenken sollte.

Aber damit nicht genug. Kurz nach drei Uhr, als die Müdigkeit zögernd begann, meine Schlaflosigkeit zu überwinden, drang aus der Etage über mir eine Klaviermelodie herab und fand ihren Weg bis zu meinem Kopfkissen. Keine Klaviermelodie von einer CD, sondern eine Melodie, die auf einem Klavier gespielt wurde, übrigens gut gespielt, aber ob gut und schlecht, jemand spielte um diese nachtschlafende Zeit Klavier. Und da das Klimpern nicht aufhörte, streifte ich mir rasch eine Hose über und ging hinauf.

Klopf klopf, die Melodie brach ab, ich hörte, wie ein Hocker zurückgeschoben wurde, und dann eine Frauenstimme hinter der Tür:

»Wer ist da?«

»Äh ... Ihr Nachbar von unten.«

Die Tür wurde geöffnet. Ich stand vor einer wunderschönen Schwarzen von ungefähr dreißig Jahren, »schön wie eine Göttin«, könnte man sagen, wenn das nicht so abgedroschen klingen würde. Sie war groß, einen Kopf größer als ich, und trug nichts als ein entzückendes farbenprächtiges Seiden-Negligé in Blau-, Orange- und Grüntönen, das ihren göttlichen Körper kaum bedeckte.

»Ist es wegen der Musik?«, fragte sie mich.

»Ja ... nein ... Das ist sehr schön, was Sie da spielen ...«

»Danke. Es ist schön, aber es ist spät. Ich verstehe, entschuldigen Sie bitte.«

»Nicht so tragisch.«

»Möchten Sie fünf Minuten hereinkommen?«

»Nein danke, das ist nett, aber ich muss wirklich schlafen.«

»Fünf Minuten ...«

Dabei machte sie die Tür weiter auf. Die Wohnung sah einladend aus. Und ziemlich klein. Vor allem weil der Flügel so viel Raum einnahm. Sie hatte ein schönes Lächeln, das von einem Ohr zum anderen reichte. Durch das Öffnen der Tür war ein Luftzug entstanden, der den unteren Teil ihres Negligés etwas in Bewegung gebracht hatte – wie ein Vorhang vor einem halbgeöffneten Fenster. Ich bin also hineingegangen.

»Legen Sie sich auf das Sofa, ich werde Ihnen ein Schlaflied aus meiner Heimat vorspielen, dabei werden Sie sanft einschlafen.«

Ich hatte keine Lust, ihr zu widersprechen, keine Lust, wieder in meine Wohnung hinunterzugehen, einfach Lust, es geschehen zu lassen, einfach Lust einzuschlafen, bevor der Tag anbrechen würde.

Ich legte mich auf das Sofa, auf das sie zeigte, es gab auch kein anderes. Sorgfältig stopfte sie mir ein Kissen unter den Kopf, beugte sich über mich wie eine Krankenschwester über einen Rekonvaleszenten.

»Geht das so?«

»Ja, das ist gut so.«

Dann ging sie zurück ans Klavier, setzte sich auf den Hocker, und es war keine Absicht, dass sie den Gürtel ihres Negligés nicht wieder festzog, denn ich sollte ja schlafen. Aber wie soll man schlafen, wenn keine zwei Meter weiter ein langes nacktes Bein im Takt der Musik die Pedale des Instruments bedient? Wie soll man schlafen, wenn die Pianistin, die sich nach vorne beugt, um einen Ton sanft abzudämpfen, einen dabei so tief in ihr Dekolleté blicken lässt, dass ihre rechte Brust sichtbar wird (von mir aus gesehen war es die rechte)? Wie soll man schlafen, wenn sich einem so viel gelassene Freizügigkeit auf eine so einfache direkte Art darbietet? Die Antwort ist, natürlich schlief ich nicht, stattdessen beulte gerade eine heftige Erektion meine Hose aus und brachte fast die Nähte zum Platzen. Eine Erektion, die ich nicht zurechtrücken konnte, ohne meine Hand hinzuzunehmen, und die sich, sind wir mal ehrlich, bereits an der Wohnungstür angekündigt hatte. Eine Erektion, von der ich hoffte, dass sie im Halbdunkel der kleinen Wohnung unbemerkt bleiben würde.

»Schlafen Sie?«, fragte mich die Pianistin, deren Vornamen ich immer noch nicht kannte.

»Nein ... noch nicht.«

»Das liegt daran, dass Sie Ihre Augen nicht schließen. Um zu schlafen, muss man die Augen schließen. Sonst klappt das nicht.«

Ich schloss also meine Augen, weil ich zu nichts anderem Lust hatte, als ihr zu gehorchen, blind zu gehorchen, was sich angesichts ihrer Bitte, die Augen zu schließen, gut traf.

Sie spielte weiter das Schlaflied aus ihrer Heimat. Sie sich vorzustellen, halbnackt, am Klavier, da vorne, sozusagen in hörbarer Reichweite – ich spreche von der Distanz und nicht von der Musik –, war mindestens so schwer auszuhalten, das heißt delikat, aufregend, erregend, wie es vor dreißig Sekunden gewesen war, sie mit halb geschlossenen Augen zu betrachten. Überflüssig zu sagen, dass von Erschlaffung nicht die Rede sein konnte.

Ich war im Halbschlaf, so einer Art Benommenheit, einem sonderbaren Zwischenzustand – wie bei einem Tagtraum (man erinnert sich an alles, ist sich aber nicht sicher, ob es tatsächlich passiert ist) –, da hörte ich, wie das Schlaflied aussetzte; wie sich der Hocker bewegte; wie ihre nackten Füße umherliefen; wie eine CD aufgelegt wurde (eine neue Musik, sehr sanft, die die Wohnung wie ein lieblicher Duft erfüllte); wie sich nackte Füße dem Sofa näherten. Ich spürte: wie eine Hand über meinen Schritt strich, wo die Erektion nicht mehr unbemerkt bleiben konnte; wie dieselbe Hand bis zu meiner Gürtelschnalle hinaufwanderte; wie diese aufsprang, dem Korken einer Sektflasche gleich; wie meine Hose hinuntergezogen wurde, was das Fehlen der Unterhose ans Licht brachte, schließlich hatte ich die Hose in Eile bloß übergestreift; wie sich die langen Beine auf mich setzten; wie mich Lippen küssten. Da öffnete ich die Augen. Rittlings, lächelnd thronte sie auf mir, das Negligé stand weit offen, und mit einer Unschuldsmiene schaute sie mich an, neckisch, verschmitzt, lachend.

»Entschuldige, habe ich dich aufgeweckt?«

»Nein nein, alles in Ordnung, ich schlafe ... Sind Sie das immer noch, die da spielt?«

»Ja. Gefällt es dir?«

»Es ist sehr schön.«

»Umso besser«, sagte sie und steigerte das Tempo ein bisschen, blieb aber im Rhythmus, eine Selbstverständlichkeit für eine Musikerin.

»Ich kenne Ihren Vornamen nicht.«

»Ich kenne deinen auch nicht.«

»Wenigstens ist das fair.«

Dann schliefen wir miteinander, ohne zu wissen, wie wir hießen, was letztlich auch keine große Rolle spielte.

Morgens lag ich immer noch auf dem Sofa, vom Tageslicht sehr früh geweckt, der Flügel war geschlossen, die Pianistin nicht mehr da. Ihr farbenprächtiges Negligé hatte sie wie eine Decke über mich gelegt. Ich stand auf und zog mir meine Hose über, an der eine Notiz hing: »Ich bin arbeiten gegangen. Zieh einfach die Tür zu, wenn du gehst. Komm wieder, wenn du möchtest und nicht schlafen kannst.« Keine Unterschrift. Die Pianistin aus dem siebten Stock würde also vorerst die Pianistin aus dem siebten Stock bleiben.

Das Unglaublichste – zumindest im Hinblick auf meine haarige Passion – ist wohl, dass diese Nacht derart unerwartet kam, dass ich mich nicht daran erinnern konnte, ob die Pianistin aus dem siebten Stock kurze Haare hatte, lange oder mittellange, geflochten oder zusammengebunden, gegelt, lockig oder glatt.

14

Der Geburtstag meiner Mutter

Die Pianistin aus dem siebten Stock spielte weder in der folgenden Nacht noch in der darauf folgenden oder der darauf folgenden. Drei Nächte ohne Klaviermusik und Schlaflosigkeit. Drei gewöhnliche Nächte.

Heute ist Sonntag, der Geburtstag meiner Mutter. Wir sind zu viert in einem Restaurant verabredet, um zur Abwechslung mal nicht zu Hause zu essen und weil mein Vater zu sagen pflegt: »An ihrem Geburtstag hat eure Mutter in der Küche nichts zu suchen.« Und ich muss zugeben, dass er sich bislang jedes Jahr großartig darauf verstanden hat, eine neue Adresse aufzutun. Zwar führte er uns nicht in Sterne-Restaurants aus, doch er hatte seine Freude daran, ein neues Bistro zu entdecken, ein unbekanntes kleines Lokal, einen schönen Ort, über den er zuvor einen überschwänglichen

Artikel in einer seiner abonnierten Zeitschriften gelesen hatte. Die ihm fast ausschließlich dazu dienten herauszufinden, wo wir dieses eine Mal im Jahr hingehen konnten, um den Geburtstag meiner Mutter zu feiern. Jedes Jahr waren das stets sehr vergnügte Stunden. Wir machen uns immer ein bisschen schick, freuen uns, beisammen zu sein, und was am allerbesten ist: Beim Essen kann sich meine Mutter über sich selbst und ihren unerschütterlichen Pessimismus lustig machen.

»Hier, bitte schön«, sage ich und überreiche ihr eine riesige Topfpflanze, »herzlichen Glückwunsch, Maman!«

»Oh, meine Lieblingspflanze!«

(Ich schenke ihr jedes Jahr eine andere Pflanze, und jedes Jahr behauptet sie wieder, es sei ihre Lieblingspflanze.)

»Du darfst sie nicht zu viel gießen, dann wirst du lange etwas von ihr haben.«

»Du meinst, länger als von mir?«

Sie bricht in schallendes Gelächter aus und leert ihr Glas Suze in einem Zug.

»Ja, viel länger als von dir! Wenn du möchtest, werden wir sie gleich morgen zusammen auf dein Grab stellen.«

»Danke. Du bist lieb, mein Schatz, wenigstens du verstehst mich. Gut, habt ihr noch andere posthume Geschenke für mich?«, fragt sie, während sie nicht aufhört, sich kaputtzulachen, und beim Kellner, der gerade vorbeiläuft, einen weiteren Suze bestellt.

Francine schenkt ihr ein Buch mit dem Titel *Du*

hast das Leben noch vor dir, was Maman ebenfalls sehr zum Lachen bringt. Mein Vater schenkt ihr eine Pfeife. Im Ernst: eine Pfeife.

»Wenn du dann nicht mehr unter uns weilst, Liebes, werde ich sie wieder an mich nehmen. Es ist also kein unnützes Geschenk.«

»Seit wann rauchst du Pfeife?«

»Noch nie. Aber ich habe Lust anzufangen.«

»Wenigstens werde ich nicht da sein, um diesen ekelhaften Gestank einzuatmen.«

»Das hab ich mir auch gedacht«, sagt mein Vater abschließend.

Sie ist jetzt bei ihrem dritten Suze und kann sich nicht einkriegen vor Lachen über unsere idiotischen Geschenke – wahrscheinlich ist das der vergnüglichste Geburtstag, den wir je mit ihr gefeiert haben. Auch das Restaurant ist perfekt, der Chef sympathisch, alles in allem also ein Sonntag vom Feinsten. Wäre da nicht diese melancholische Bemerkung am Rande gewesen, vor der ich mich schon gefürchtet hatte:

»Meinen Enkelsohn werde ich also nicht mehr kennenlernen, Thomas?«

»Na klar, natürlich wirst du ihn kennenlernen«, versichere ich ihr, obwohl ich im Grunde gar nichts sicher weiß. »Du wirst sogar nicht nur einen kennenlernen, sondern viele, die du alle von der Schule abholen wirst. Genauso wie deine Enkeltöchter, die du zur Tanzschule fahren wirst!«

»Aber wann denn?«, seufzt meine Mutter matt.

Mist, jetzt muss ich zugeben, dass ich das nicht weiß. Überhaupt keine Ahnung habe. Absolut nicht. Aber weil meine Mutter, die ich sehr liebe, Geburtstag hat und ich sie nicht enttäuschen will, vor allem heute nicht, sage ich, ohne nachzudenken:

»Bald. Du wirst bald Großmutter.«

Schweigen und verblüffte Gesichter rings um den Tisch. Fragende Blicke. In dem meiner Schwester lese ich: »Erzähl keinen Scheiß hier, Thomas. Ich hoffe mal, dass das nicht nur so dahergesagt ist.«

»Das ist nicht nur dahergesagt. Du wirst bald Großmutter.«

In dem Moment kam der Kuchen mit einer dicken Kerze obendrauf, damit man etwas zum Pusten hatte – und wir ließen das Thema gut sein. Als ob wir nicht riskieren wollten, weiter in einer Akte zu blättern, die zur Kategorie Staatsgeheimnis zu gehören schien. Zum Ende hin ging es wieder vergnügt zu, der Exkurs zum Nachwuchs (und zum Thema Die-Frau-fürs-Leben-finden etc.) war genauso schnell abgehakt wie angesprochen, wir konnten also zu Cointreau, Cognac und Armagnac übergehen. Was wir auch taten. Fröhlich und ausgelassen, denn wir hatten zum Geburtstag alle gute Laune mitgebracht, wie man so schön sagt.

Obwohl sie, meine Schwester Francine, mich zu Recht böse angeblickt hatte (böse aufgrund berechtigter Vorwürfe) und obwohl es eindeutig unverantwortlich gewesen war, meine Mutter ohne guten Grund mit diesem Satz »du wirst bald Großmutter« zu konfrontieren – es war wie ein Sprung ins leere Becken, wie Bungeejumping ohne Bungee, einfach der geburtstäglichen Stimmung zuliebe –, trotz dieser Obwohls und trotz des Bordeaux, dem wir ordentlich zugesprochen hatten, war es nicht so, dass ich mich vom Après-Dessert völlig umnebelt bloß irgendwelchen Wunschvorstellungen oder Träumereien hingegeben hatte. Während des Essens hatte mich nämlich eine verblüffende Erkenntnis durchdrungen, quasi wie eine mathematische Gleichung, ein archimedisches Prinzip, ein Satz des Pythagoras, etwas, neben dem das Ei des Kolumbus wie eine Unterhaltungsnummer aussehen würde und das sich folgendermaßen zusammenfassen lässt:

1. An dem Tag, als Colette ins *Stylo de Vénus* gekommen ist, um, wie sie sagte, eine Postkarte zu kaufen, hatte ich noch am selben Abend Sex mit Amandine.

2. An dem Tag, als mir Colette die besagte Postkarte geschickt hat, hatte ich noch in derselben Nacht Sex mit der Pianistin aus dem siebten Stock.

3. Wenn es so herum funktioniert, warum sollte es nicht auch andersherum funktionieren?

4. Anders ausgedrückt, aus vernünftigen Gründen ließ sich annehmen, dass ich weiterhin Sex mit Amandine und der Pianistin haben sollte, damit Colette früher oder später wieder auf der Bildfläche erschien.

Schaden konnte es jedenfalls nicht, nach diesem Grundsatz zu handeln. Deshalb fing ich auch noch am selben Abend damit an, Leben in meine vermeintlich schlaflosen Nächte zu bringen, indem ich entweder ein Stockwerk hinaufstieg und dort die Tür und das Negligé der Pianistin öffnete oder zu einem späten Abendessen zum *Chez Raoul* ging, um dort den Laden dichtzumachen und Amandine nach Hause zu begleiten. Beides im Wechsel. Überzeugt davon, dass durch diese eher unkonventionelle Lebensführung Colette wieder in mein Leben treten würde, genau dann, wenn ich gar nicht damit rechnete. Ich wagte mir nicht vorzustellen, was die Pianistin und Amandine davon gehalten hätten, hätten sie von ihrer arbeitsteiligen, einstweiligen Rolle gewusst und davon, dass ich eigentlich auf Colette hoffte, für die sie bloß Zugpferd, Lockvogel und Köder waren.

Zugegeben, die Nächte im Anschluss ans *Chez Raoul* oder ein Stockwerk über mir waren wunderbar, aber ich konnte mir nicht vorstellen, dass Amandine und die Pianistin (apropos, sie ist in Frankreich geboren, heißt Marie-Christine und hat sehr kurze Haare) sich irgendwann zu einer Version der »Frau fürs Leben« quasi mit zwei Köpfen zusammenfügen würden. Ich war vollkommen glücklich mit ihnen. Aber mit jeder allein. Anders ausgedrückt, es war keine richtige Sackgasse, in der ich da steckte, aber solange Colette nicht auftauchte, wirkte es ein wenig so. Ich ließ mich drauf ein, auf diese Sackgasse, mit gesenktem Kopf, ohne Gurt, ohne Helm, ohne Airbag.

Ein Monat ist vergangen. Meine Mutter lebt immer noch. Amandine arbeitet immer noch als Kellnerin. Marie-Christine spielt immer noch Klavier. Und Colette ist immer noch irgendwo. Aber wo?

15

Andrés Rückkehr

»Sag bloß! Kaum bin ich weg, da legst du richtig los!«

André ist von seiner Indienreise zurückgekehrt. Indien hat ihm gefallen, und er hat mir versichert, dass ich begeistert wäre, wenn ich hinfahren würde. Außerdem ist er sich sicher, dass meine Frau fürs Leben dort unten ist. Übrigens habe er, der in der Vergangenheit ja eher unbeständig als anständig war, eine Tänzerin kennengelernt, in die er bis über beide Ohren verliebt sei, und es sei nicht ausgeschlossen, dass er sich bald wieder auf den Weg nach Bombay machen werde, um sie zu heiraten.

»Sag bloß! Kaum bin ich weg ...«, wiederholt André.

Ich hatte ihm von meiner Kollegin Louise erzählt,

von der Kellnerin Amandine und von der Pianistin Marie-Christine. Aber kein Wort von Colette. Mit Colette ist es was anderes. Colette geht ihn nichts an.

Die Sache mit Louise will ihm nicht in den Kopf:

»Sie kommt wieder hoch zu dir, sie gibt sich dir hin, und als sie am nächsten Morgen geht, da guckst du ihr nach wie der absolute Schlappschwanz, im wahrsten Sinne des Wortes, du tust nichts, um sie zurückzuhalten, lässt sie einfach gehen ... Manchmal frage ich mich wirklich, wie vertrottelt du eigentlich bist!«

»Ach André, du kapierst überhaupt nichts! Da ließ sich nichts machen, Louise wollte einen Schlussstrich unter ihr Junggesellinnendasein ziehen. Sie hat einen Verlobten. Du siehst also, es hätte keinen Sinn gehabt, sie aufzuhalten. Sie gefällt mir, aber sie ist mit einem anderen zusammen. Sie heiratet nächste Woche.«

»Solange sie nicht ja gesagt hat, ist sie nicht verheiratet.«

»Ich weiß überhaupt nicht, warum ich noch mit dir diskutiere. Sie hat sowieso keine kurzen Haare.«

»Ach verdammt, das hatte ich schon fast vergessen! Was ist denn an Haaren so wichtig? Außerdem, wenn du kurze Haare so toll findest und sie dir eine Freude machen will, dann braucht sie doch nur zum Friseur zu gehen, oder etwa nicht?«

»Nein.«

»Ach, und warum *nein*?«, fragt mich André mit großen Augen.

»Weil das Bedürfnis nach kurzen Haaren aus der Frau selbst kommen muss.«

Die folgende Stille wog so schwer wie ein Klotz Blei, mitten auf den Tisch gestellt. André war niedergeschmettert. Ich nicht.

»Ich verstehe dich einfach nicht.«

»Was soll's, nicht so schlimm.«

»Kann ich sie mir wenigstens mal ansehen, diese Louise?«

»Kannst du, aber was soll das ändern?«

Am nächsten Tag kam André ins Geschäft. Er hatte mir versprochen, sich wie ein normaler Kunde zu verhalten und sich nichts anmerken zu lassen, noch nicht einmal, dass wir uns kennen. Irgendwie schaffte er es, von Louise bedient zu werden – Umschläge in verschiedenen Größen, ein Kugelschreiber, ein Notizbuch –, und bezahlte bei Madame Capliet. Bevor er rausging, steckte er mir heimlich einen Zettel zu, auf dem er seinen Kugelschreiber ausprobiert hatte und auf dem nun stand: »Du bist ein Volltrottel.« Wenigstens war das kurz und knapp. Er verabschiedete sich mit einem »Schönen Tag noch, meine Damen!«, womit er mich überging – so als ob ich von einem Moment auf den anderen nicht mehr da wäre, als ob ich, indem ich Louise gehen ließ, für André zu einem Trugbild geworden wäre, zu Ektoplasma, zu einem Typen, den man wie Luft behandelt.

André hatte weder Amandine noch die Pianistin

kennenlernen wollen. Aber ohnehin hätte er über sie sagen können, was er wollte, ich musste mir von ihm nichts sagen lassen, keine Ratschläge, keine Kommentare. Die konnte er für sich behalten.

»Und was hast du jetzt vor?«, fragte er mich einige Tage später, als sich die Situation zwischen uns wieder entspannt hatte und wir auf der Terrasse unseres Stammcafés einen Campari tranken.

»Nichts. Ich habe nichts vor.«

»Außer abwechselnd eine Kellnerin und eine Pianistin zu vögeln. Du hast recht, das ist nichts Besonderes.«

Wenn André vulgär wird, wird er unerträglich.

»André, wenn du vulgär wirst, wirst du unerträglich.«

»Pah«, er verkniff sich den nächsten Spruch und verdrehte bloß die Augen, »du weißt genau, was ich meine.«

»Nein, wirklich nicht.«

»Ich aber.«

»Und was meinst du?«

»An der ganzen Kiste ist etwas faul.«

Wieder mal hüllten wir uns in Schweigen, wie so oft, wenn wir nicht einer Meinung und mit unserem Latein am Ende waren. Wir tranken einen zweiten Campari. Beobachteten die Passanten. Zahlten. Gingen.

In gewisser Hinsicht hat André recht: An der Kiste ist etwas faul. Aber was kann ich dafür? Und immerhin hat es diese verdorbene Kiste ganz schön in sich. Sowohl mit Amandine wie auch mit der Pianistin läuft es nämlich immer nach dem gleichen Schema ab.

Amandine: Nach ihrem Dienst begleite ich sie nach Hause. Auf dem Weg unterhalten wir uns über Gott und die Welt, über Belanglosigkeiten. Wenn wir vor ihrer Haustür stehen, sagen wir uns auf Wiedersehen, sie schlägt mir vor, noch mit hinaufzukommen, ich tue so, als wäre ich unschlüssig, und stimme schließlich zu. Hintereinander gehen wir die fünf Stockwerke rauf, sie natürlich vorneweg. Die einzige Variation im Thema besteht darin, dass wir es jedes Mal etwas früher miteinander treiben. Ich meine nicht die Uhrzeit: Ich meine den Ort. Das erste Mal passierte es in ihrer Wohnung. Gut. Dann gegen die Tür gepresst. Gut. Dann wieder gegen die Tür gepresst, aber diesmal von außen, im Hausflur. Kurz danach im Treppenhaus, zwischen der vierten und der fünften Etage. Mit der ständigen Befürchtung, ertappt zu werden.

»Und wenn jemand kommt?«, fragte ich sie.

»Aber das ist doch gerade das Spannende, oder?«, antwortete sie schwer atmend. »Keine Sorge, hier wohnen nur alte Leute, die nehmen alle den Aufzug, außerdem schlafen sie jetzt schon.«

Gestern hatten wir im Hausflur der ersten Etage Sex. Ich vermute mal, morgen wird's im Foyer sein. Danach auf der Straße. Unterwegs. In einer Toreinfahrt. Was soll's, wenn es ihr gefällt. Und solange noch nicht Winter ist.

Mit Marie-Christine – nein, ich bleibe lieber bei »die Pianistin«, denn ich finde, dass ihr die kurzen Haare zwar ausgezeichnet stehen, dafür aber ihr Vorname zu ihr passt wie die Faust aufs Auge –, mit der Pianistin also ist es ein anderes Ritual. Nicht weniger aufregend: Ich gehe nie von mir aus hinauf. Ich warte, bis sie Klavier spielt. In manchen Nächten spielt sie nicht. Vielleicht hat sie dann keine Lust zu spielen, weder auf dem Klavier noch mit mir. Oder sie ist nicht da. Oder mit einem anderen zusammen. Das ist ihre Sache. Das geht mich nichts an. Aber wenn sie spielt, stets mitten in der Nacht, ist das das Signal, ich schlüpfe in meine Hose, gehe die Treppe hoch, die mich von ihr trennt, und klopfe an ihre Tür. Die sie kurz darauf öffnet.

»Ist es wegen der Musik?«, fragt sie mich.

»Ja, es ist sehr schön, was Sie spielen.«

»Möchten Sie fünf Minuten hereinkommen?«

»Äh, eigentlich ... eigentlich sollte ich schlafen und ...«

»Nur für fünf Minuten«, sagt sie und macht die Tür weiter auf.

Alles genauso wie beim ersten Mal. Nur dass ich mittlerweile schon vor dem Klopfen eine Erektion habe. Es ist die Klaviermusik, die das bewirkt, zumindest *ihre* Klaviermusik, und langsam glaube ich, dass ich mein ganzes Leben einen Ständer bekommen werde, wenn ich dieses Stück höre, wie ein musikalischer Roboter, wie bei Pawlow. Wenn sie in der Tür erscheint, hat sie ihr entzückendes Negligé sozusagen kaum mehr zugeknöpft, jedenfalls immer weniger, und ich kann mir kaum vorstellen, dass das Zufall ist. Ich gehe in die kleine Wohnung, deren Halbdunkel mich mit offenen Armen aufnimmt, lege mich auf das Sofa, wie aus Versehen streift sie über den gespannten Stoff meiner Hose, geht zurück zum Flügel, um das Schlaflied zu spielen, das mich einlullen soll, mich aber bloß noch mehr erregt. Aufrecht setzt sie sich auf den Hocker, spreizt dabei leicht die Beine, beugt sich über die Tasten, sodass ihre Brüste sichtbar werden und dann wieder im Ausschnitt ihres Gewands verschwinden. Solcherlei Dinge und noch andere, bevor sie das Stück plötzlich an irgendeiner Stelle unterbricht und zu mir herüberkommt.

So also sah mein Leben aus: wenn schon kein Gefühl, dann immerhin Sex, somit ganz schön aufregend und neu für mich, denn ein Verhältnis mit zwei Frauen gleichzeitig hatte ich davor noch nie. Am erstaunlichsten war, dass ich mich deshalb nicht schämte und keine Gewissensbisse bekam, denn ich war überzeugt, dass diese Liebeswut nur vorübergehend war und nichts anderem diente, als Colette eines schönen Tages wiederauftauchen zu lassen. Colette, an die ich, ehrlich gesagt, immer weniger dachte. Genau genommen überhaupt nicht mehr.

16

Der Tag vor Louises Hochzeit

Morgen ist der Samstag, an dem Louise heiratet. Wir sind alle eingeladen, das ganze Team vom *Stylo de Vénus*, ihre Kolleginnen, ihr Kollege und die Chefin. Letztere hat entschieden, dass das Geschäft, Samstag hin oder her, geschlossen bleibt. Außerdem hat sie mich damit beauftragt, ein Schild zu machen, auf dem steht: »Heute wegen Hochzeit geschlossen«. Womit ich in diesem Moment beschäftigt war.

Apropos Chefin, bald ist Mittag, und wir haben sie immer noch nicht zu Gesicht bekommen.

»Kommt Madame Capliet heute nicht?«

»Nein«, sagt Louise, »Sie wissen doch, wer auf einer Hochzeit schön sein will, muss vorher zum Friseur. Also ist sie beim Friseur.«

»Und was ist mit Ihnen? Gehen Sie nicht?«

»Doch, klar. Aber ich bin ja die Braut, deshalb kommt der Friseur morgen früh zu mir nach Hause, erst kurz vor der Feier.«

Und wir plaudern weiter über dies und das, Häppchen für Häppchen – wie viele Gäste kommen werden, wie das Wetter werden soll, was wir vorhaben anzuziehen –, denn sobald Kundschaft den Laden betritt, unterbrechen wir unser Gespräch, das also wirklich eher aus Gesprächsfetzen besteht. Aber wir sind alle (Damen und Herr) sehr aufgeregt, fast so sehr wie Louise selbst, als ob ihre Hochzeit ein bisschen auch unsere Hochzeit wäre. Wir haben Louise einfach gern und sind voller Begeisterung dabei.

»Was für ein Kleid werden Sie denn tragen?«, frage ich Louise.

»Oh, wer weiß, wer weiß! Sie werden es morgen schon noch sehen«, antwortet sie mir lachend.

Und die beiden anderen wechseln Verschwörerblicke mit ihr. Natürlich handelt es sich beim Brautkleid um ein gut gehütetes Geheimnis, das Freundinnen miteinander teilen, in das Männer jedoch unter keinen Umständen eingeweiht werden dürfen.

Dann, zwei oder drei Kunden später, als gerade etwas Ruhe eingekehrt ist, kommt Madame Capliet hereingerauscht – als hätte sie aus Angst, ihr Auftritt könnte misslingen, den richtigen Moment abgewartet – und begrüßt uns mit einem lauten, fröhlichen »Guten Tag allerseits«. In der Mitte des Geschäfts bleibt sie stolz stehen, vollführt eine Pirouette wie ein Mannequin am Ende des Laufstegs, mit beiden Händen auf den Hüften, gefolgt von unseren ungläubigen Blicken.

»Und, wie finden Sie es?« Aus gutem Grund trauten wir unseren Augen kaum: Madame Capliet hatte sich eine neue Frisur schneiden lassen, kurz, modern, frech, die ihr, daran gab's keinen Zweifel, sehr gut stand. Ich war sprachlos.

»Sie sehen toll aus«, sagte Yvette.

»Die Frisur macht Sie jünger«, fügte Sandrine hinzu.

»Das stimmt, ja, das ist immer so bei kurzen Haaren«, stimmte Louise zu.

»Sie gefällt Ihnen also?«

»Und ob«, riefen die drei im Chor.

»Und Sie, Thomas, Sie sagen ja gar nichts. Gefällt es Ihnen nicht?«

»Doch, doch, im Gegenteil, ich schließe mich den Damen an: Sie sehen toll aus. Ihr Mann wird hin und weg sein.«

»Da bin ich mir nicht so sicher, aber halb so wild, er wird sich daran gewöhnen müssen! Dafür wird es meiner Tochter umso mehr gefallen.«

Was wusste sie von meiner haarigen Passion? Vermutlich nichts. Niemand wusste davon. Nur André. Aber ich konnte mir kaum vorstellen, dass André zu Madame Capliet ging und ihr den Tipp gab, sich die Haare schneiden zu lassen, um ihrem Mitarbeiter den Kopf zu verdrehen. André hat zwar einen Knall, klar, aber so sehr dann auch wieder nicht. Es war also reiner Zufall. Und auf keinen Fall durfte ich mehr zu diesem Thema sagen, denn das hätte sich wie ein Geständnis angehört oder schlimmer: wie eine Liebeserklärung. Ich hielt mich also bedeckt und zeigte mein Pokerface, sodass keine der vier etwas von meiner Leidenschaft für kurze Haare mitbekam.

»Und Sie, meine Damen, hatten Sie noch nie Lust, sich die Haare abzuschneiden? Wenn Sie wüssten, wie angenehm das ist: Ich fühle mich wie neugeboren, wie ein anderer Mensch.«

Yvette und Sandrine murmelten ich weiß nicht was vor sich hin, man konnte nichts verstehen, außer dass es bei ihnen nicht so sei, nein, sie hätten noch nie Lust auf kurze Haare gehabt.

»Bei mir ist das so«, sagte Louise, als gerade alle anderen still waren, »ich träume von nichts anderem, immer schon. Aber als ich klein war, wollte es meine Mutter nicht, und seitdem ich erwachsen bin, habe ich noch keinen Mann kennengelernt, der kurze Haare mag. Na ja, was soll's.«

»Wie schade«, sagte Madame Capliet, »Ihr Verlobter auch nicht?«

»Er auch nicht«, antwortete sie mit einem Anflug von Traurigkeit.

Kunden, die hereinkamen, lenkten vom Thema ab, was sich gut traf, denn ich war drauf und dran, ohnmächtig zu werden, und musste mich einige Sekunden am Tisch festhalten. Im Ernst, Louises Geständnis, dass sie sich heimlich nach kurzen Haaren sehnte, hatte mich glatt umgehauen, plattgemacht, niedergemäht, vernichtet. André hatte recht: Ich war wirklich ein Volltrottel.

Den Rest des Tages sprachen wir nicht mehr darüber, zumindest nicht mehr über Frisuren, und ich erholte mich mühsam von meinen Gefühlswallungen, während ich Louise nicht aus den Augen ließ. Louise, die von nichts anderem als von kurzen Haaren träumte und die morgen einen Kerl heiraten würde, der kurze Haare nicht leiden konnte. Unterdessen nutzte Arlette Capliet jede Gelegenheit, um verstohlen ihr eigenes Spiegelbild zu begutachten, zufrieden mit ihrem neuen Schnitt.

»Ach Thomas, da fällt mir ein, ist es in Ordnung für Sie, wenn Sie morgen auf Louises Hochzeit als mein Begleiter gehen?«

Wie gewöhnlich war das ein Vorschlag, der einem Befehl gleichkam und keine Diskussion zuließ. Erst bei der Beerdigung von Monsieur Cornille und jetzt bei der Hochzeit von Louise – offenbar war ich im Begriff, zum offiziellen Begleiter meiner Chefin zu werden. Ich fand das nicht schlimm, da ich diese Frau gern mochte, aber immerhin war sie zwanzig Jahre älter als ich. Würde das nicht für Klatsch sorgen?

»Kommt Monsieur Capliet nicht mit?«

»Mein Gatte ist zwar ein freundlicher und verträglicher Mann, aber Hochzeiten hasst er so sehr, dass ich mich immer gefragt habe, durch welches Wunder er zu unserer gekommen ist.«

Schwierig, sich da herauszuwinden, zumal ich auch nicht vorgehabt hatte, mit jemand anderem hinzugehen. Die Sache war also klar.

»Ihr Schild ist hübsch geworden, Thomas. Wir müssen daran denken, es heute Abend in die Tür zu hängen.«

»Danke, ja ... Ja, ich kümmere mich drum ...«

An diesem Freitagabend, dem Abend vor Louises Hochzeit, war mir nicht danach, Amandine von der Arbeit abzuholen. Stattdessen lief ich durch die Straßen und zählte die wenigen Mädchen, jungen Frauen und Frauen, die kurze Haare hatten. Es waren nicht viele, aber alle waren sehr schön. Ich kam erst spät nach Hause und ließ mich dort wie erschlagen auf mein Bett fallen in der Hoffnung, die Pianistin von oben würde diesen Abend nicht spielen. Ein Glück, sie spielte nicht, umso besser, ich weiß nicht, ob ich, verwirrt, wie ich war, imstande gewesen wäre, ihr das farbenfrohe Negligé von den Schultern zu streifen.

17

Louises Hochzeit

Strahlender Sonnenschein. Ich freue mich für sie, für Louise, für uns alle, denn das alte Sprichwort »verregnete Hochzeit gleich glückliche Ehe« ist ausgemachter Blödsinn – bestimmt haben sich das Regenschirmverkäufer oder Brautpaare ausgedacht, bei denen das Wetter nicht mitspielte. Heute ist es also schön, und das ist auch gut so.

Arlette Capliet holte mich zu Hause ab, zur vereinbarten Zeit stand das Taxi unten, und los ging's. Ich hatte mich für eine Kombination Anzug-Krawatte in dezenten, eleganten Farben entschieden – allerdings besitze ich auch keine andere. Sie trug ein funkelnagelneues Kleid, das aussah wie eine taillierte Tagesdecke mit Blümchen, ihr aber eigenartigerweise ziemlich gut stand. Dazu der passende Hut, ebenfalls eine einzige Blumenwiese und extra für diesen Anlass gekauft, wie sie berichtete.

»Sie sehen blendend aus, Thomas. Ich freue mich, heute an Ihrer Seite zu sein.«

Eigentlich wäre es angebracht gewesen, das Kompliment zu erwidern, aber mir fiel nichts Besseres ein als:

»Sie auch ...« (als Antwort auf *Sie sehen blendend aus*), »ich mich auch ...« (als Antwort auf *Ich freue mich, heute an Ihrer Seite zu sein*).

Eine Antwort, die immerhin kurz und knackig war und ihr offenbar zusagte.

Von der Taxifahrt gibt es nichts zu berichten, abgesehen von dem Moment, als wir an einem Wohnhaus vorbeifuhren und Arlette sagte:

»Hier, da vorne wohne ich.«

Sie hatte das Taxi also extra den Umweg bei mir vorbeifahren lassen, um dann wieder an ihrer eigenen Haustür vorbeizufahren, hinter der ich in meiner Vorstellung ihren Ehemann sitzen sah, als Herrscher über ein riesiges Miniatureisenbahnnetz. Ein Bahnhofsvorsteher, der womöglich noch zum gehörnten Ehemann werden könnte ... Keine Chance, ich kriegte einfach dieses Bild nicht aus dem Kopf, wie Madame Capliet mit ihren kurzen Haaren auf der Rückbank des Taxis über mich herfällt, ein Bild, das mich bis zum Ende der Fahrt eher schweigsam machte.

Wir sind dann glücklich am Schauplatz der Hochzeit angekommen, das heißt, am Standesamt. Es ist schon viel los, wir sind nicht die ersten. Wir steigen aus dem Taxi, Arlette und ich, und sofort beginne ich mir das Gerede über das ungleiche Paar, das wir abgeben, auszumalen. Doch da, in der gleichen Sekunde noch, beschließe ich, auf all das Gerede der Leute zu pfeifen; stattdessen freue ich mich, ihnen guten Gesprächsstoff zu liefern – ich, der hier nicht mehr als ein anonymer Gast ist, ein Bekannter der Braut, ein Arbeitskollege, ein Freund, ein Ex-Liebhaber, ein One-Night-Stand. Im Endeffekt, wie Sandrine es formuliert hätte, im Endeffekt habe ich dann jedenfalls kein Problem damit, als Madame Capliet sich bei mir einhakt und sich an mich lehnt. Wenigstens kann mir jetzt nichts mehr etwas anhaben (was genau, weiß ich nicht, irgendetwas kann mir jetzt nichts mehr anhaben), und es ist mir so was von egal, ob sie sich die Mäuler zerreißen, das kratzt mich überhaupt nicht.

Da treffe ich auf André.

»Was machst du denn hier?«, frage ich ihn, völlig aus der Fassung gebracht.

»Nichts. Ich komme zu Louises Hochzeit«, antwortet er, als wäre es für ihn das Normalste der Welt, hier auf der Hochzeit von Louise zu sein, obwohl daran rein gar nichts normal ist. Er begrüßt Arlette und reicht uns je eine Handvoll Konfetti.

»Das ist dafür, wenn sie rauskommen«, klärt er uns auf, als befürchte er, wir wüssten nicht, wann Konfetti angesagt ist.

»Aber wer hat dich denn eingeladen?«

»Louise.«

»Kennst du sie?«

»Ja, ja, ein bisschen ...«, antwortet er mir, während er wegschaut und wie der Verräter im Melodram aussieht, der Typ, der mehr weiß, als er sagen will.

Dann legt er eine Hand auf meine Schulter und flüstert mir mit der tiefen, monotonen Stimme eines Nachrichtensprechers von *Radio Londres* ins Ohr:

»Vergiss nicht: Solange sie nicht ja gesagt hat, ist sie nicht verheiratet.«

Als er sich wieder aufrichtet, nicht unzufrieden mit der Wirkung seiner Worte, blickt er mich mit seinen anthrazitfarbenen Augen an. Dann lässt er uns wieder allein und mischt sich unter die Leute, Männer und Frauen, tut, als ob er sie schon ewig kennen würde, obwohl ich mir sicher bin, dass das Quatsch ist, Schwindel, Blabla, Show, Bluff, und dass André niemanden kennt.

Logisch, dass das alles nicht im Geringsten logisch ist, aber bei André muss man auf alles gefasst sein, darauf, dass er auftaucht, wenn man nicht mit ihm rechnet, oder darauf, dass er nicht auftaucht. Jetzt ist er da, warum und wie es dazu gekommen ist, entzieht sich meinem Verständnis.

»Setzen wir uns«, sagt Madame Capliet und zieht mich mit sich durch den Trauungssaal, womit sie mich gleichzeitig von meiner akuten Grübelei erlöst.

Das Brautpaar sitzt schon. Ich sehe die beiden von

hinten. Madame Capliet, der perfekte Eisbrecher, bahnt uns einen Weg durch die Menge – eine Menge unentschiedener Leute, die nicht wissen, ob sie sich nun setzen oder noch ein bisschen weiterschwatzen sollen (obwohl sie dafür ja noch den ganzen Abend Gelegenheit haben werden). Immerhin finden wir eine Stuhlreihe an der Seite, wo wir noch Platz finden und von wo aus wir das Ehepaar zu drei viertel sehen können. Ich nenne die beiden »das Ehepaar«, dabei müsste ich sie eigentlich noch »das zukünftige Ehepaar« nennen, André hat es mir schließlich noch mal unter die Nase gerieben: Solange sie nicht ja gesagt hat ...

Louise ist atemberaubend schön. Ihre nackten Schultern, die aus der Korsage ihres schulterfreien Kleids herausgucken (diese Schultern, die ich so gut kenne, weil ich sie geküsst habe). Ihre schlanke Taille (diese Taille, die ich so gut kenne, weil ich meine Hände um sie gelegt habe). Und dann vor allem ihre Beine (diese Beine, die ich so gut kenne, weil ich sie lange gestreichelt habe), betont durch den gewagten Schnitt ihres Kleids: vorne sehr kurz, sodass ihre Oberschenkel fast bis oben hin entblößt sind, hinten lang, wo es in einer kleinen Schleppe aus weißen Federn endet. Der unglaubliche Mut einer unglaublichen Schönheit.

Der Verlobte haut einen nicht gerade vom Hocker. Höchstens Durchschnitt. Auf jeden Fall nicht umwerfend. Und nicht lustig. Ein Bankangestellter. Demnächst kleinstädtischer Heckenstutzer.

Louise unterhält sich gerade mit ein paar Freunden. Sie hat uns noch nicht gesehen. Auf der anderen Seite des Saals entdecke ich André, er steht mir direkt gegenüber und lässt seinen Blick wandern, von Louise zu mir, von mir zu Louise, wie um mir zu sagen: »Das ist das Mädchen, das du gehen lässt!« Ja, ich weiß, André, ich bin ein Volltrottel, halt die Klappe. Madame Capliet setzt noch einen drauf:

»Ist sie nicht schön, unsere Louise?«

»Ja.«

»Das ist eine schöne Hochzeit.«

»Ja.«

»Mögen Sie Hochzeiten?«

»Ja.«

»Wollen Sie auch mal heiraten?«

»Ja.«

Dann, als sie merken, dass es bald losgeht, kehren Louises Freunde auf ihre Plätze zurück und lassen das junge, zukünftige Eheglück allein auf ihren Stühlen und im Mittelpunkt aller Blicke (die sich allerdings hauptsächlich auf sie richten). Vielleicht spürt sie, dass ich sie intensiver als alle anderen anschaue, jedenfalls dreht sie sich jetzt in unsere Richtung, entdeckt uns, Arlette und mich, strahlt, glücklich, uns hier zu sehen. Dann lächelt sie mich an, mich allein – ein wenig ernst, mehrdeutig, eindringlich –, und wirft mir schließlich einen Handkuss zu.

Und ich muss schon sagen, spätestens jetzt, in diesem Moment, habe ich nur noch das Bedürfnis, aufzustehen, zu Louise hinüberzugehen, ihr ins Ohr zu flüstern »Komm mit mir, ich liebe kurze Haare« und mit ihr fortzugehen.

Aber da tritt der Standesbeamte in Aktion und setzt meinen Überlegungen ein jähes Ende – außerdem wäre ich sowieso unfähig gewesen, meinem Bedürfnis zu folgen. Alle erheben sich. Ich höre nur mit halbem Ohr zu, was da vorne erzählt wird. Die Worte dringen wie durch einen dicken Nebel gefiltert zu mir durch. Es geht um Treue, ein gemeinsames Zuhause, Kinder. Und dann kommt die Frage, auf die alle warten:

»Mademoiselle Louise Bardet, möchten Sie den hier anwesenden Jean-Marie Dussart zu Ihrem rechtmäßigen Ehemann nehmen?«

Wenn eine Fliege im Trauungssaal wäre, würde man hören, wie sie über unseren Köpfen hin- und herflöge. Das Ganze dauert nicht mal eine Sekunde. Louise antwortet nicht gleich. Da ist etwas wie ein Schwanken, wie ein kurzes Innehalten. Kaum. Kein wirkliches Zögern, nein, nur ein Augenblick, der verstreicht. Unmerklich. Als ob alles in extremer Zeitlupe ablaufen würde. Als ob die gegenwärtige Sekunde nicht enden wollte. Sie schaut ihren Verlobten an. Wirft mir einen kurzen Blick zu (zumindest scheint es mir so). Ist es möglich, dass sie nein sagt? Gab es das schon mal, dass eine Braut wie das bockende Pferd vor dem Hindernis im letzten Moment noch ausbricht? Klar, das Fest wäre im Eimer. Aber wenn sie nun plötzlich keine Lust mehr hat. Wenn sie nicht mehr heiraten will. Jedenfalls nicht mehr diesen Typen da vorne. Wenn sie einen anderen liebt. Allein die Tatsache, dass die Frage gestellt wird, beweist jedenfalls, dass es verschiedene Antwortmöglichkeiten gibt. Doch da, am Ende dieser ewig andauernden Sekunde, antwortet Louise schließlich:

»Ja.«

Klar und deutlich, ohne Umschweife, formvollendet. Sie hat ja gesagt. Ich bin am Boden zerstört. Gleich werde ich zusammenbrechen.

Meine Beine können mich jeden Moment im Stich lassen. Drüben, mir gegenüber, deutet André ein verzweifeltes Händeringen an, macht ein mitleidvolles Gesicht.

Überflüssig zu sagen, dass dieser farblose Jean-Marie Dussart die anwesende Louise Bardet zu seiner rechtmäßigen Ehefrau nimmt. Es fehlt bloß, dass er noch hinzugefügt hätte: »Und ob!«

Als ob sie mitbekäme, von welcher Verwirrung ich gerade ergriffen werde – einem Strudel der Verwirrung, der alles mit sich reißt wie ein Tsunami –, beugt sich Madame Capliet zu mir herüber und versucht mit lauter Stimme das aufgeregte und ausgelassene Klatschen des jubelnden Publikums zu übertönen, während ich meinen Blick nicht von dem sich küssenden Ehepaar wenden kann:

»Wussten Sie, Thomas, dass sich zwanzig Prozent aller Paare auf einer Hochzeit kennenlernen?«

»Ach was«, sage ich, »ich hätte nicht gedacht, dass es so viele sind.«

»So ist das aber. Eine statistische Tatsache.«

»Und warum sagen Sie das, Arlette?«

»Na ja, weil wir auf einer Hochzeit sind und auf einer Hochzeit alle Frauen toll aussehen!«

Und das stimmt durch die Bank, alle Frauen – jünger, älter, jugendlich, geschminkt, frisiert, im Sonntagsstaat (obwohl es Samstag ist), strahlend, offen – sehen toll aus. Bevor ich allerdings das Risiko eingehe, auch nur ansatzweise ein Auge auf eine der Damen zu werfen, muss ich unbedingt herausfinden, welche schon vergeben und welche noch zu haben sind. Das ist nie einfach, aber es hat auch keine Eile, dafür wird später noch Zeit sein, auf dem Empfang. Jetzt bin ich jedenfalls erst mal ganz in der Hand beziehungsweise an der Seite von Madame Capliet, die mir heute sicher nicht von den Fersen weichen wird, die sich in diesem Augenblick links bei mir unterhakt und die, ganz im Ernst, mit ihren kurzen Haaren wirklich süß ist. Von seiner Chefin zu behaupten, dass sie »süß« ist, könnte schockierend rüberkommen. Zudem ist es fraglich, ob »süß« das richtige Adjektiv ist, um eine Frau von fünfzig Jahren zu beschreiben. Aber es ist einfach so, ich kann nichts dafür, ganz ehrlich, Arlette ist süß.

Wenig später ist der Festsaal leer, wir stehen draußen auf dem Vorplatz des Standesamtes und warten darauf, dass das Brautpaar herauskommt. Da sind sie. Sie ist einen Kopf größer als er. Er wirkt etwas mickrig. Das gleißende Sonnenlicht schmeichelt Louises Beinen, die heute noch weiter in den Himmel reichen als sonst. Den Schultern. Und dem Gesicht. Und dem strahlenden Lächeln. Konfetti fliegt durch die Luft und wirft für kurze Zeit einen Schatten über die Frischvermählten. Alle lachen. Applaudieren. Gehen dann rüber zu den Autos, um zum Empfang zu fahren. Zu den Autos, in denen man noch Monate später einzelne Konfettischnipsel finden wird, die der Staubsauger der Tankstelle nicht hat aufstöbern können – eine ferne Erinnerung an dieses schöne Fest.

André ist schon da, als wir beim Hochzeitsempfang ankommen. Er reicht uns zwei Gläser Champagner.

»Na, nicht allzu traurig?«

Madame Capliet, die denkt, dass die Frage ihr gilt, antwortet:

»Doch, ein bisschen, immerhin verliere ich eine sehr gute Mitarbeiterin. Aber gleichzeitig sieht sie so glücklich aus!«

Ich ergänze:

»Es geht schon, ich werde es überleben.«

Dann genehmige ich mir einen ordentlichen Schluck, denn es gibt nichts Besseres als Champagner, um seinen Frust zu ertränken – während André schon wieder damit beschäftigt ist, sich mit all diesen Leuten anzufreunden, die er noch nie im Leben gesehen hat.

Wir essen verschiedene Cocktailhäppchen, machen

uns übers Gebäck her, füllen unsere Gläser wieder und erwidern das Lächeln anderer. Erspähen aus der Ferne die Braut, die von allen beglückwünscht wird. Weichen nur mit Mühe den Kindern aus, die zwischen unseren langen Erwachsenenbeinen herumrennen. Erwischen den Bräutigam mit einem Baby auf dem Arm, das nicht seines ist und das er auf eine etwas unbeholfene Art hin- und herwiegt, wie um zu zeigen, dass er bald schon sein eigenes haben wird. Wir entdecken Louises Eltern, bezaubernde Menschen, denen wir uns vorstellen, und stoßen schließlich auf Yvette und Sandrine – mir gelingt es nicht herauszufinden, ob sie in Begleitung gekommen sind oder nicht. So wird ein großer Teil unserer kleinen Papeterie-Familie zusammengeführt, eine Art Enklave des *Stylo de Vénus* in der Fremde, und wir gehen nicht mehr auseinander, wir vier, so als könnten wir nur zusammen überleben.

Später, als der Tag einwilligt, sich ganz sachte seinem Ende zuzuneigen, und der Himmel sich stufenweise in ein herrliches Marineblau verwandelt, als die elektrischen Girlanden nach und nach angehen, als aus allen Ecken Lachen ertönt, als die Braut schöner ist als je zuvor, als eine beträchtliche Anzahl der Gäste – plus Bräutigam – schon das Jackett hat fallen lassen, als ganz hinten ein Säugling schreit, bis seine Mutter sich freimacht, um ihm die Brust zu geben, als die Uhrzeit mich irgendwie sentimental werden lässt und der Champagner beginnt, seine Wirkung zu tun, da packt ein DJ seine Anlage aus und dreht die Lautstärke auf volles Rohr, zur großen Freude aller Tänzer, die sich, vom Alkohol ermutigt, nicht lange bitten lassen und bald die Tanzfläche füllen.

»Sollen wir?«, fragt mich Madame Capliet.

Ich dachte, sie wollte nach Hause. Aber nein, nein, sie hatte Lust zu tanzen. Und ich war ihr offizieller Begleiter. Also tanzten wir. Rock. Rumba. Cha-Cha-Cha. Samba. Arlette tanzte leidenschaftlich gerne. Es war ein Vergnügen, ihr dabei zuzusehen. Sie herumzuwirbeln. Sie in letzter Sekunde wieder an mich heranzuziehen. Den Arm um ihre Taille zu legen. Sie war unermüdlich. Beschwingt. Anscheinend ging Monsieur Capliet nicht allzu oft mit ihr tanzen: Sie hatte einiges nachzuholen. Sandrine und Yvette tanzten mit verschiedenen jungen Leuten, die gerade bei ihnen standen, schlossen Bekanntschaften. Wer weiß, vielleicht fanden gerade Pärchen zusammen – damit die Statistik auch weiterhin stimmte.

André war verschwunden. Ich bin mir fast sicher, er hatte sich nur einladen lassen, um mein Gesicht zu sehen, als Louise ja sagte.

Mit Louise habe ich nicht getanzt. Nicht dass Arlette mich davon abgehalten hätte. Ich habe mich einfach nicht getraut. Das wäre der Gnadenstoß gewesen, Tötung auf Bestellung, das Schafott. Louise in meinen Armen zu halten, sie ein letztes Mal zu riechen, ihren Körper an meinem zu spüren, obwohl sie gleichzeitig einem anderen Mann gehörte, das wäre eine Prüfung geworden, der ich mich nicht gewachsen gefühlt hätte. Ich bin mir sicher, sie hatte Verständnis für meine Zurückhaltung.

Zweifellos war diese Traumhochzeit der Tag, an dem ich seit langem die übelste Laune hatte, da ich Volltrottel die Frau fürs Leben hatte gehen lassen.

Wie sollte ich das nur meiner Mutter beibringen?

18

Sonntag, Montag, Dienstag …

»Ich habe die Frau fürs Leben getroffen«, sage ich in möglichst neutralem Ton und ohne Triumph in der Stimme, damit meine Eltern sich keine falschen Hoffnungen machten.

»Aha, sehr gut«, sagt mein Vater.

»Endlich!«, fügt meine Mutter hinzu und lässt beinahe den Erdbeerkuchen fallen.

»Wer ist es denn?«, will meine pragmatische Schwester Francine wissen.

»Ihr kennt sie nicht, es ist eine meiner Kolleginnen aus der Papeterie.«

»Und ich habe dir noch gesagt, du sollst dich in deiner Umgebung umgucken!«, frohlockt mein Vater. »Oder etwa nicht? War es nicht das, was ich dir geraten habe?«

»Ja doch.«

»Und wann ist die Hochzeit?«

»Sie war gestern.«

»Was?!«, schreien alle im Chor. »Und wir waren nicht eingeladen!«

»Aus gutem Grund: Meine Frau fürs Leben hat gestern geheiratet, aber einen anderen, nicht mich.«

»Was ist denn das für eine Geschichte?« Meiner Mutter versagt fast die Stimme.

»Keine komplizierte«, erkläre ich kleinlaut mit gesenktem Blick. »Ich habe einfach zu spät gemerkt, dass diese Frau die Frau fürs Leben war ...«

Grabesstille rund um den Erdbeerkuchen, den niemand anzurühren wagt. Jedenfalls im Augenblick nicht. Der großen Uhr ist sie natürlich egal, die Grabesstille, nervtötend tickt sie weiter vor sich hin. Alle sitzen da mit Augen, die so groß sind wie fliegende Untertassen. Ich weiß nicht mehr, ob mein Vater, meine Mutter oder meine Schwester die Frage stellt:

»Was hast du jetzt vor?«

»Darauf warten, dass sie sich scheiden lässt«, antworte ich.

Erneutes Schweigen, verblüfft, fassungslos. Das Dessert wird garantiert warten müssen. Nur die Uhr, obwohl bestimmt ebenso verblüfft und fassungslos, kann es nicht lassen zu ticken.

»Sie wird sich auf jeden Fall scheiden lassen«, erkläre ich. »Ihr Mann ist einen Kopf kleiner als sie, hat einen schlechten Klamottengeschmack, weiß nicht, wie man ein Baby im Arm hält, arbeitet in einer Bank, will aufs Land ziehen und mag keine Frauen mit kurzen Haaren. Ich gebe ihm einen Monat.«

Wir essen (dann doch noch) das Dessert, ohne dass ein Wort fällt. Meine Eltern sind fertig mit den Nerven. Sie müssen denken, dass ihr Sohn wirklich ein Volltrottel ist, und dagegen lässt sich schwer etwas einwenden. Ich hätte André mitbringen sollen, sie hätten sich gut verstanden.

Wenn ich sage, dass ich Louise einen Monat gebe, um ihren Mann zu verlassen und sich darüber klar zu werden, dass sie sich getäuscht hat, um ihre Siebensachen zu packen und in meine Arme zurückzukehren, dann sage ich das deshalb, weil ich ausflippe, wenn ich sie mir mit jemand anderem vorstelle, und auch deshalb, weil sich dadurch einiges für mich klären würde: In einem Monat werde ich dreißig. Wenn Louise sich in der nächsten Woche nicht scheiden lässt und ich mir eine andere suchen muss, dann sollte ich mich sputen.

»Geh doch noch mal zu deiner Wahrsagerin«, empfiehlt mir mein Vater nicht ohne Ironie zwischen zwei Bissen Erdbeerkuchen. »Sie wird dir bestimmt verraten, wann die Scheidung stattfindet.«

»Darauf möchte ich lieber nicht antworten«, antworte ich.

»Auch gut«, sagt er.

Das sind die letzten Worte an diesem Sonntag, an dem die Stimmung ein klein wenig angespannt ist. Mein

Vater schenkt sich ein Glas Calvados ein. Francine gibt mir zum Abschied einen Kuss auf die Wange, sie will sich noch mit einer Freundin treffen oder mit ihrem Freund. Ich verziehe mich ebenfalls, während meine Mutter in der Küche niedergeschlagen vor einem Berg dreckigen Geschirrs steht und gelassen den Tod erwartet, der nicht kommt.

Schon merkwürdig, aber ich hatte gar nicht mehr an die Wahrsagerin gedacht, die ich eher zum Zeitvertreib aufgesucht hatte und deren Vorhersagen trotzdem unheimlich präzise gewesen waren, als sie mir eine »unverhoffte« Begegnung angekündigt hatte (das war der Begriff, den sie benutzt hatte): »nicht weit entfernt von einem Bahnhof, vielleicht sogar in einem Zug«. Genau da saß ich, im Zug, der mich aus der Banlieue zurückbrachte, wo meine Eltern lebten, und der gerade in den Gare d'Austerlitz einfuhr. Um sicherzugehen, schaute ich mich um, man weiß ja nie. Aber Fehlanzeige, schlechte Karten, kaum Leute unterwegs und wenn, dann fast nur Männer oder Jugendliche, alle mit Sonntagsgesichtern. Die Vorhersage der Wahrsagerin schien sich also nicht auf diesen Zug, nicht auf diesen Waggon und nicht auf diesen Tag zu beziehen.

Am Gare d'Austerlitz angekommen – da ich nichts Besonderes vorhatte oder jedenfalls keine Lust verspürte, etwas zu unternehmen, was unterm Strich auf dasselbe hinausläuft –, beschloss ich, dort zu bleiben, auf einer Bank, um mir die Leute anzugucken. Für den Fall des Falles.

Ich bin drei Stunden dort geblieben. Ich wurde von acht Bettlern angesprochen, von Obdachlosen und Clochards, denen ich jeweils ein paar Münzen gab. Aus der Ferne sah ich ein paar betrunkene Typen, die handgreiflich wurden. Ein Kind, das aus Versehen seinen Nilpferd-Luftballon losließ. Die Mutter des Kindes, die es zu trösten versuchte, indem sie ihm ein *Lustiges Taschenbuch* kaufte. Zwanzig Tauben, die sich um ein liegengelassenes Sandwich stritten. Eine Putzkolonne schwarzer Frauen, die es müde waren, die Waggons zu putzen, vor allem an einem Tag, an dem sonst keiner arbeitet. Ein älteres Paar, das ratlos mit seinem Gepäck herumstand und die Abfahrtstafeln nicht verstand, was vermutlich auch damit zu tun hatte, dass es die Ankunftstafeln waren. Angestellte der SNCF, die sich über eine Fernsehserie unterhielten. Und andere. Alle möglichen Leute. Verstreut. Erschöpft. Einsam. Aber keine Frau fürs Leben weit und breit. Das komplette Gegenteil von dem, was ein Wunder gewesen wäre.

Mit dem Schicksal klappt das so nicht: Man kann es nicht herbeizitieren. Sonst wäre alles viel zu einfach.

Den Rest des Sonntags ging es chaotisch zu und heiß her. Trotzig – ja, genau: Trotzig ging ich auf ein Glas Ich-weiß-nicht-mehr-was in das Café, in dem Olga durch eine Standardkellnerin ersetzt worden war. Dann hing ich auf dem Boulevard rum, um den Dienstschluss im

Chez Raoul abzuwarten. Amandine konnte erst spät gehen, sonntags wird es immer etwas später. Sie freute sich, mich zu sehen, und wir schlenderten durch die friedlichen leeren Straßen. Dann geschah, was ich erwartet hatte: Wir waren noch nicht vor ihrer Haustür angelangt, da küsste sie mich bereits mit unersättlicher Lust – einer Lust, die ich bereits gut kannte, diese Küsse waren schon immer der Auftakt unserer Liebesspiele gewesen –, presste mich gegen die Mauer, drückte sich an mich, öffnete den Reißverschluss meiner Hose, ließ ihre Hand hineingleiten und umfasste mich zärtlich. Dann schob sie mich Schritt für Schritt in die Türnische eines Geschäfts, wo wir im Stehen Sex hatten. In wenigen Minuten war die Angelegenheit erledigt. Ich hatte es mir gefallen lassen, weil ich Amandine nicht vor den Kopf stoßen wollte und weil ich wusste, es war das letzte Mal, dass wir uns liebten. Ich hatte nur noch einen Monat, daher musste ich aufhören, mich zu verzetteln.

»Hat's dir nicht gefallen?«, fragt mich Amandine.

»Doch, sehr.«

»Aber?«

»Nichts aber.«

Wir bringen unsere Klamotten wieder in Ordnung, verabschieden uns mit Küsschen links rechts und gehen auseinander, wobei wir uns scherzhaft fragen, wo wir es wohl das nächste Mal treiben werden. Was eine blödsinnige Frage ist, da es kein nächstes Mal geben wird.

Bei mir angekommen, ziehe ich mich aus und lasse mich aufs Bett fallen. Ohne zu schlafen. Weil ich mir sicher bin, dass die Pianistin oben klimpern wird. Und tatsächlich klimpert sie. Ich gehe rauf. Ich klopfe. Sie öffnet die Tür. Aber da: Ihr Negligé, das sonst auf so entzückende Weise offensteht, ist heute streng verschlossen. Ich wundere mich, wo plötzlich dieses Schamgefühl herkommt. Aber nicht lange. Denn sie schließt die Tür. Baut sich vor mir auf mit einem Gesicht, bei dem mir nicht klar ist, ob es freundlich oder abweisend ist. Dann sagt sie:

»Ich hab dich gesehen, eben, auf der Straße.«

»Auf welcher Straße?«

»Einer Straße.«

»Warum bist du nicht hergekommen?«

»Weil du mit jemandem zusammen warst und es euch nicht gefallen hätte, gestört zu werden.«

Autsch. Die Ohrfeige hat gesessen. Oder schlimmer als eine Ohrfeige: ein Ohrfeigenhagel mitten ins Gesicht.

»Äh ... Ich kann dir das erklä...«

»Kannst du dir sparen. Ist mir egal.«

Ohne mich aus den Augen zu lassen und mit demselben mehrdeutigen Blick nimmt sie meine Hand, legt das eine Ende des Stoffgürtels hinein, schließt sie darüber und schreitet langsam nach hinten zum Sofa. Dabei löst sich der Knoten, ihr Negligé fällt zu Boden und entblößt ihren königlichen Körper.

»Ich bin nicht eifersüchtig ... Komm schon, hier ist es bequemer ... Ich hoffe, du hast dich noch nicht ganz verausgabt ...«

Ganz verausgabt hatte ich mich nicht, zumindest reichten meine Kräfte noch, um das vorzutäuschen. Als ich kam, war ich mir sicher, dass es auch mit ihr das letzte Mal sein würde.

Wie sollte ich den beiden nur erklären, dass es besser war, sich nicht mehr zu sehen? Ich hatte keinen blassen Schimmer. Sie anzulügen und ihnen zum Beispiel zu erzählen, ich würde Paris verlassen, war keine besonders gute Idee: Das *Stylo de Vénus* lag gleich neben dem *Chez Raoul*, und die Pianistin wohnte über mir. Eine noch schlechtere Idee wäre es, ihnen zu gestehen, dass ich auf der Suche nach der Frau fürs Leben war, dass es langsam eilte und dass keine von ihnen – weder die eine noch die andere – die Richtige war. Die Devise lautete also: Abwarten. Oder die Sache einfach im Sande verlaufen zu lassen, wie man das so häufig tut, wenn man nicht weiß, wie man aus einer ausweglosen Geschichte herauskommt. Das ist dann zwar kein Ruhmesblatt, aber sei's drum. An diesem Abend war ich viel zu fertig und fühlte mich zu keiner Heldentat mehr aufgelegt.

Ich schlief in den Armen der großen schönen schwarzen Pianistin, und in meinen Träumen begegnete ich ihr, Amandine, Louise und Colette, die die Gunst der nächtlichen Stunde nutzte, um doch noch mal auf der Bildfläche zu erscheinen, Madame Capliet, meiner Mutter und meiner Schwester, nacheinander und durcheinander. Ich hatte schon ruhigere Nächte erlebt.

Am folgenden Montag, ich hatte eh nichts Besseres vor, klapperte ich alle Pariser Bahnhöfe ab: Gare de Lyon, Gare de l'Est, Gare du Nord, Gare Montparnasse. Den Gare d'Austerlitz sparte ich mir, seit dem Vortag konnte ich ihn nicht mehr ausstehen.

Die Reihenfolge der Stippvisiten wurde ausgelost, ihre Dauer auf jeweils dreißig Minuten festgelegt, keine mehr, keine weniger, um auch ja keinen Bahnsteig zu bevorzugen. Obwohl ich dabei kein gutes Gefühl hatte, nämlich ein hartnäckiges Ziehen im Bauch, das Ausdruck dieses Gedankens war: Jetzt bin ich am Gare de Lyon, aber wer sagt mir, dass sie, meine Frau fürs Leben, nicht genau in diesem Augenblick am Gare du Nord aus dem Zug steigt? Hinzu kam, dass ich natürlich nicht mit Sicherheit wusste, ob die Vorhersagen der Wahrsagerin richtig waren. Trotzdem hatte ich mich dazu entschlossen, den Plan durchzuziehen (den man durchaus albern finden konnte, ich weiß), und der nicht enden wollende Strom der Fahrgäste machte mir Mut – selbst wenn es nur die weiblichen Fahrgäste waren, nach denen ich Ausschau hielt.

Mit ein bisschen Glück läuft es so: Meine Frau fürs Leben schleppt einen riesigen Koffer, der viel zu schwer für sie ist, ich biete ihr meine Hilfe an, die sie spätestens dann annimmt, wenn sie vor der Treppe steht, die sie hinuntermuss – unten angekommen sind wir schon ins Gespräch gekommen, dann kommt eins zum anderen, und wir bleiben für immer zusammen. Ja, so könnte es ablaufen. Idealerweise würde es so ablaufen.

Da stehe ich, in Gedanken versunken, in Hoffnungen und Träumereien – nachdem ich auf den ersten drei Bahnhöfen meiner Zugtour keinen Erfolg gehabt habe –, als ich in der Bahnhofshalle des Gare du Nord André in die Arme laufe, beziehungsweise André mir in die Arme läuft, da ich nur auf junge Frauen geachtet und ihn gar nicht bemerkt hatte.

»Was treibst du denn hier?«

Enthusiastisch erzähle ich ihm von der Wahrsagerin, von den Zügen und meinem Plan – während ich weiterhin die vorbeiziehenden Frauen mustere.

»Das meinst du nicht ernst. Das ist ein Scherz, oder?«, sagt er lachend, aber schon mit einem Funken Besorgnis in den Augen.

»Nein, wieso?«

»Das glaub ich dir nicht.«

»So ist es aber«, erwidere ich leicht genervt, »da musst du mir gar nichts glauben. Lass mich jetzt einfach in Ruhe, du bringst meinen Zeitplan völlig durcheinander.«

Für einen kurzen Moment wurde er ganz still, bevor er mich bei beiden Schultern fasste und so zu sich drehte, dass ich ihn anschauen musste. Dann sagte er ernst:

»Thomas, wach auf und hör mir zu: Langsam schnappst du über.«

Er ließ mich los. Ich rührte mich nicht. Stand wie neben mir. Wie blöde. Bekloppt. Und begriff allmählich, was er gerade gesagt hatte. Er hatte recht: Ich war ziemlich daneben.

»Komm, wir gehen einen trinken.«

Wir setzten uns auf die Terrasse des erstbesten Cafés, und André holte mich auf den Boden der Tatsachen zurück. Ich erklärte ihm, dass ich nur noch wenig Zeit hatte, um die Frau fürs Leben zu finden, nämlich nicht mal mehr einen Monat. Worauf er mit Nachdruck feststellte:

»Du wirst sie nicht finden, indem du sie suchst.«

André ist ein wahrer Freund.

Dann wurde es Dienstag, und wir machten das Geschäft wieder auf, das uns wegen Louises Hochzeit drei Tage lang vermisst hatte. Louise, die nicht da war, denn Madame Capliet hatte ihr mit Vergnügen eine Woche freigegeben, damit sie in die Flitterwochen fahren konnte. In wenigen Tagen würden wir eine Postkarte aus Venedig, Spanien oder sonst woher bekommen, die mit kollektiven Küssen an unser kleines Team enden würde.

Und trotz der Ratschläge von André wusste ich, wie es kommen würde: Louise würde von ihrer Reise zurückkehren, ich würde ihren Erzählungen lauschen, in ihrem Gesicht lesen und schließlich wissen, ob sie immer noch in ihren Nullachtfünfzehn-Gatten verliebt war oder mittlerweile begriffen hatte, dass dieser Typ nichts taugte.

Eine Woche Alltagstrott, und wieder wurde es Dienstag. Ich hatte Amandine nicht mehr von der Arbeit abgeholt. Ging nicht mehr hinauf, wenn die Pianistin spielte. Bestimmt hatten sie sich Fragen gestellt. Und dann aufgehört, sich welche zu stellen. Vermutlich war ich woanders gelandet, in den Armen einer anderen. Wir hatten zwar viel Spaß miteinander gehabt, aber es war gut so, wie es war, denn weder ich noch eine von ihnen hatte sich verliebt. Was Trennungen bekanntlich vereinfacht.

Dann kam Louise wieder zur Arbeit, strahlend, schöner denn je, leicht gebräunt (die Postkarte war aus Marrakesch gekommen), begeistert. Nicht ohne Bitterkeit kapierte ich, dass eine Scheidung vorerst nicht in Planung war. Sobald der Kundenansturm etwas nachließ, löcherten Yvette und Sandrine sie mit Fragen zur Reise, zum Hotel, zum Wetter, ob es nicht zu heiß gewesen war, ob die Leute nett waren, ob das Essen gut war, ob sie glücklich war.

Ich flüchtete ins Lager mit der fadenscheinigen Begründung, dort irgendwas sortieren, ordnen oder aufräumen zu müssen. Das war die einzige Möglichkeit, Marrakesch und dem jungen Eheglück zu entkommen. Durch die Tür stieß mir Louise mit jedem Lachen ein

Messer in den Bauch. Sie konnte nichts dafür. Ich selbst war, ganz eindeutig, ein Volltrottel gewesen.

Nach einer Weile rief jemand:

»Thomas, sind Sie da?«

Es war Madame Capliet, die bestimmt ahnte, warum ich mich zwischen den Regalen verkrochen hatte. Die weibliche Intuition hatte mich schon immer vom Hocker gehauen.

»Wo sind Sie?«

Der Raum war nicht allzu groß, und keiner von uns war da, um Verstecken zu spielen. Aber komisch: Als ich zurückrief: »Hier, beim Kopierpapier!«, fiel mir auf, dass wir noch nie zuvor zusammen, das heißt allein, im Lager gewesen waren. Sie setzte nicht oft ihren Fuß hier rein.

Sie gelangte ans Ende des Durchgangs, wo ich unser Kopierpapier inventarisierte, um festzustellen, ob wir Nachschub brauchten.

»Alles in Ordnung, Thomas?«

»Ja, Madame.«

»Arlette.«

»Ja, Arlette.«

»Fühlen Sie sich noch wohl in der Papeterie?«

»Das tue ich, ja. Und ich kann mir nicht vorstellen, aus welchem Grund ich mich eines Tages mal nicht mehr wohlfühlen sollte. Ich bin glücklich hier.«

Das war vielleicht ein bisschen zu viel des Guten, aber es war einfach so aus mir herausgesprudelt. Manchmal sagt man etwas, das man so meint, aber dann übertreibt man, ohne zu wissen warum. Genau das war mir gerade passiert. Die Anwesenheit meiner Chefin im Lager machte mich etwas nervös. Es hatte schon Momente zwischen uns gegeben, die man als intim bezeichnen könnte, oder sagen wir mal, als speziell: Wir hatten einen alten Lehrer für Physik und Chemie beerdigt, und auf Louises Hochzeit hatten wir getanzt, wobei ich einen Eindruck von ihrem Privatleben bekommen hatte. Sie schien keine besonders glückliche Ehe zu führen, und mit ihrem Liebesleben hatte sie offenbar noch lange nicht abgeschlossen. Kurzum, da stand ich nun, ein bisschen eingeschüchtert, vor dem Kopierpapier im Lager und hatte keine Ahnung, was sie von mir wollte.

»Mögen Sie Miniaturmodelle, Thomas?«

»Ja, sehr!«

»Wirklich?«, staunte sie über meine Begeisterung.

»Wirklich. Warum?«

»Weil ich weiß, dass sich mein Mann sehr freuen würde, wenn Sie sich einmal seine Modelleisenbahn ansehen würden.«

»Ja klar. Mit dem größten Vergnügen.«

»Sie werden sehen, sie ist ganz schön riesig. Am Anfang habe sogar ich mich darüber lustig gemacht, aber ich muss sagen, heute bin ich wirklich beeindruckt. Hätten Sie morgen Abend Zeit, zum Abendessen zu kommen?«

»Aber ja. Das passt super. Danke.«

»Sehr schön. Dann gehe ich mal wieder zurück und lausche weiter dem marokkanischen Urlaubsbericht. Hoffentlich zeigt uns Louise nicht auch noch ihre Fotos: Bilder von glücklichen Menschen können ganz schön anstrengend sein.«

»Ja. Allerdings.«

Ein letztes komplizenhaftes Lächeln, als ob wir mal wieder unter einer Decke stecken würden, und schon war sie wieder drüben im Laden, wo das Lachen immer lauter wurde. Wenig später folgte ich ihr – ich konnte ja schlecht den ganzen Tag im Lager verbringen, nur weil mich Louises Glück womöglich zu sehr peinigen würde – und kümmerte mich wieder um die Kunden. Wie ein guter Mitarbeiter in einer Papeterie, den seine Aufgabe glücklich macht. Madame Capliet steckte mir mit Verschwörermiene einen Zettel zu, auf dem sie die Adresse notiert hatte, den Geheimcode für die Haustür, die Sprechanlage, die Etage und die Uhrzeit, zu der sie mich erwarten würden.

Ich freute mich über diese Einladung zum Essen. Warum? Weil ich in einem Anfall geistiger Umnachtung befürchtet hatte, meine Chefin könnte im Lager womöglich aus der Rolle fallen, und nun erleichtert (und beschämt) war, dass ich mich so schwer getäuscht hatte. Weil ich mich freute, Monsieur Capliet kennenzulernen und mir seine Anlage anzugucken. Weil es mich interessierte zu sehen, in was für einer Wohnung Madame Capliet lebte – immerhin kannte sie meine, während ich keine Ahnung hatte, wie es bei ihr zu Hause aussah. Weil sie nur mich eingeladen hatte und nicht die Mädchen, eine Art Privileg, das ich durchaus zu schätzen wusste. Und schließlich, weil ich Miniaturmodelle tatsächlich mag, vor allem Modelleisenbahnen. Deshalb freute mich diese Einladung zum Abendessen.

19

Abendessen bei den Capliets

Am nächsten Abend gehe ich nach der Arbeit im *Stylo de Vénus* und vor meinem Besuch bei den Capliets noch kurz zu Hause vorbei, um mich, wie man so schön sagt, frisch zu machen: Dusche, frisches Hemd, dezente Krawatte, Anzug (der gleiche wie bei Louises Hochzeit, ich habe ja nur den einen) und ein bisschen Eau de Toilette, das reicht. Ein unsichtbarer und neutraler Beobachter müsste glauben, ich ginge zu einem Rendezvous, dabei werde ich bloß zu meiner Chefin zum Abendessen gehen, ihren Ehemann kennenlernen und mir seine Eisenbahn anschauen.

Blumengeschäft. Taxi. Da bin ich. Geheimcode. Sprechanlage. Sie selbst antwortet:

»Ah, Thomas, fantastisch! Fünfte Etage.«

Aufzug. Bis auf die fünfte Etage also. Sie hat mir nicht

gesagt, ob es die linke oder rechte Tür ist; wahrscheinlich wird sie den Aufzug hören und mir öffnen, damit ich weiß, wo ich hinmuss. Aber nein, nicht nötig, viel einfacher: Es gibt nur eine einzige Tür auf dem Flur. *Dingdong*. Sie öffnet, begrüßt mich. Gut gelaunt. Sie ist ganz verzückt wegen der Blumen. »Sie sind ja verrückt. Das wäre doch nicht nötig gewesen.« Sie will sie sofort ins Wasser stellen. Geht eine Vase holen. Als sie verschwindet, ruft sie nach ihrem Mann. Weil sie mit dem Strauß in der Küche beschäftigt und Monsieur Capliet noch nicht da ist, bin ich für einen Moment allein im Wohnzimmer. Und begreife, welch eine schöne Wohnung man sich kaufen kann, wenn man im Lotto gewinnt. Da kommt Monsieur Capliet aus dem Zimmer nebenan.

»Sie sind also Thomas! Guten Abend, Thomas. Schön, Sie kennenzulernen.«

Ein herzlicher Händedruck. Ein großer, attraktiver Mann, warmherzig, offen und keineswegs der bedauerliche Muffel, der nur über seiner Modelleisenbahn hängt, wie man ihn sich hätte vorstellen können.

»Guten Abend, Monsieur, ich freue mich auch, Sie ...«

»Ach, wie ich sehe, habt ihr euch schon kennengelernt!«

Madame Capliet kommt wieder herbeigeeilt, mit den Blumen in der Vase, die sie auf den Tisch stellt.

»Lassen Sie das *Monsieur* weg, nennen Sie mich einfach Léon.«

»Ihre Frau hat mich ja gebeten, sie Arlette zu nennen, und schon damit habe ich ein bisschen Schwierigkeiten, Léon, aber ich werde ...«

»Ich verstehe das«, sagt Arlette, als sie sich zu uns gesellt und unser Duo in ein Trio verwandelt, »besonders, weil mein Mann einen ebenso albernen Namen hat wie ich. Aber so ist das eben, da kann man nichts machen. Und es gibt Schlimmeres im Leben, oder?«

Schon ist sie wieder fort, wirbelt herum, flitzt hin und her, hier und dort beschäftigt, wie eine bis zum Anschlag gespannte Aufziehpuppe, überdreht, überschwänglich, enthusiastisch.

»Hast du keine Lust, Thomas deine Anlage zu zeigen, Liebling?«

»Wirklich, interessiert Sie so was?«, fragt mich Léon Capliet höflich-diskret.

»O ja, und ob. Das wäre toll.«

»Na dann, gehen wir. Obwohl, warten Sie ...«

Er lässt den Korken der Champagnerflasche knallen, die sich im Eiskübel schon allmählich gelangweilt hatte, schenkt uns zwei Gläser ein und nimmt mich mit nach nebenan.

»Kommen Sie, hier entlang.«

Wir gehen hinaus in das Zimmer, aus dem er eben herausgekommen war, und befinden uns in einem riesigen Raum, nein, nicht riesig: gigantisch. Er ist in ein bläuliches Licht getaucht, dessen Ursprung nicht zu erkennen ist, und mittendrin prangt das spektakulärste Modelleisenbahnnetz, das man sich vorstellen kann:

ellenlange Gleise, Personenbahnhöfe, Güterbahnhöfe, Rangierbahnhöfe, Weichen, Flügelsignale, Bahnübergänge, Brücken, Tunnel, Lokomotiven, TGV-Züge, TER-Züge, Schienenbusse, Berge, Wiesen, Tiere, Straßen, Autos, Lastwagen, Hütten, Häuser, noch nicht fertig gebaute Häuser, Wohnblöcke, Geschäfte und Hunderte Figürchen, die ihrem Beruf nachgehen – stundenlange, monatelange, jahrelange Arbeit.

»Und?«, fragt mich Léon Capliet.

»Ich ... Das ist unglaublich ... Und das alles haben Sie ...?«

»Ja, ganz allein. Ich habe zehn Jahre gebraucht und jeden Tag daran gearbeitet. Ich hätte nicht gedacht, dass es mal solche Ausmaße annimmt, aber wenn man einmal anfängt, kann man nicht mehr aufhören, das ist wie eine Droge, wissen Sie. Im Übrigen ist es nicht fertig, es wird niemals fertig sein. Aber warten Sie, Sie haben ja noch gar nichts gesehen.«

Er setzt sich auf einen Sessel, der vor einer beeindruckenden Schalttafel steht, die mit Hunderten von bunten Knöpfen, Dioden, Kontrolllampen, Schalthebeln, Regelwiderständen und Lichtschaltern übersät ist.

»Bereit?«

»Bereit«, sage ich und trinke noch rasch einen Schluck Champagner.

Und da, als er der Reihe nach verschiedene Knöpfe drückt, deren Funktion offensichtlich nur er kennt, beginnen sich die Züge, die bis jetzt schläfrig vor sich hindämmerten, in Bewegung zu setzen. Gewinnen an Geschwindigkeit, halten im Bahnhof, fahren weiter, aufeinander zu und aneinander vorbei, verschwinden in Tunneln und tauchen wieder auf, wo man sie nicht erwartet. Mit einem gleichmäßigen und schwachen metallischen Rattern. Léon Capliets Gesicht ist das eines Kindes, plötzlich ist er zwölf Jahre alt, und er freut sich wie ein kleiner Junge, der vor dem Weihnachtsschaufenster eines großen Kaufhauses steht.

»Schön, oder?«, fragt Arlette Capliet.

Sie steht im Türrahmen, ein Glas in der Hand. Ich bemerke die ehrliche Bewunderung, die sie für die Leidenschaft ihres Mannes empfindet – anders als das Desinteresse oder die spöttische Distanz, die andere Frauen in so einer Situation gerne an den Tag legen.

»Habt ihr schon Nacht gemacht?«, fragt Arlette.

»Alles zu seiner Zeit«, antwortet Léon.

Ich frage mich, was der Ausdruck »Nacht machen« bei den Capliets bedeutet, und will mir gar nicht vorstellen, was für erstaunliche Schweinereien sie in ihrem trauten Heim anstellen könnten. Aber da erübrigt sich meine Frage bereits: Das Licht im Raum beginnt schwächer zu werden, eine perfekt gesteuerte Dämmerung, während hier und dort Leuchtsignale angehen, Schweinwerfer der Triebwagen und Lichter in den Fenstern der Häuser, die öffentliche Beleuchtung und Leuchtreklamen, von denen einige blinken. Es ist wirklich unglaublich.

»Es ist wirklich unglaublich«, sage ich leise.

»Nicht wahr?«, flüstert mir Arlette zu.

»Ich könnte Stunden bleiben, um mir alles bis ins kleinste Detail anzugucken. Es ist so faszinierend, wie …«

»Schön und gut, aber wenn Sie das tun, kommen wir nie zum Essen! Also vorwärts, gehen wir rüber ins Wohnzimmer. Sie können ja nach dem Essen wiederkommen, wenn Sie Lust haben.«

Wir gehen schon mal vor, sie und ich, Monsieur Capliet will in zwei Minuten nachkommen. Logisch, ein solches Spektakel kann man nicht mal eben anhalten, indem man einen einzigen Knopf drückt.

Dann sind wir im Wohnzimmer. Wir setzen uns. Verschlingen die Cashewnüsse und Erdnüsse, die auf dem Sofatisch stehen. Arlette schenkt uns vom guten Champagner nach: mein Glas, ihr Glas sowie ein drittes Glas, das noch auf dem Tablett steht und das sie nur zur Hälfte füllt.

»Meine Tochter trinkt nicht so gern Alkohol, aber es wird ihr eine Freude sein, mit uns anzustoßen.«

»Ihre Tochter? Sie haben eine Tochter?«

»Natürlich! Wie? Habe ich das noch nie erwähnt?«

»Doch, doch, vielleicht … Ich muss es wohl vergessen haben.«

»Übrigens wundere ich mich, wo sie bleibt.«

Sie steht auf, öffnet eine Tür, die auf einen Flur hinausgeht, und ruft:

»Colette, kommst du? Thomas ist da!«

»Colette« ... Der Name hüpft in meinem Kopf auf und ab wie der Flummi in einem Computerspiel. Aus weiter Ferne höre ich ein »Ich komme«, sodass vor meinem geistigen Auge das Bild eines schier unendlichen Flurs entsteht. Léon Capliet, der alle Züge wieder auf dem richtigen Gleis abgestellt hat, gesellt sich zu uns. Da entdecke ich an der Wand hinter mir das Gemälde von Marquet, *La Samaritaine und Pont Neuf*, und zwar ein echtes Gemälde, in Originalgröße. Mich trifft der Schlag.

»Es ist nur eine Kopie«, sagt Arlette Capliet, der nicht entgeht, dass ich gerade ziemlich belämmert dreinschaue.

Da kommt Colette. Ja, die Colette. Diese jene. Diejenige welche: Colette.

»Guten Abend!«

Heiter. Hübscher denn je. Sie kommt auf mich zu. Küsschen.

»Sehen Sie, ich habe es Ihnen doch gesagt: Aller guten Dinge sind drei.«

Ich kriege kein Wort heraus. Bin wie vor den Kopf geschlagen. Perplex. Ihre unschuldige Schönheit haut mich genauso um wie dieses unglaubliche Zusammentreffen von Zufällen.

»Erinnern Sie sich?«, fragt sie und deutet auf das Gemälde.

Keine Antwort. Kein Wort. Unmöglich.

»Gefällt es Ihnen?«

»Es ist … Es ist großartig.«

»Unsere Tochter studiert im dritten Jahr an der École des Beaux-Arts. Es ist das erste Mal, dass sie ein Gemälde abgemalt hat. Nicht schlecht, oder? Und noch dazu von einer Postkarte!«, fügt Arlette hinzu, wie um die Leistung noch deutlicher hervorzuheben.

»Wollen Sie sehen, was ich sonst noch mache?«

Ich schaue ihre Eltern fragend an, wie um sie um Erlaubnis zu bitten.

»Aber nicht zu lange, sonst ist das Essen am Ende verkocht vor lauter Zügen und Malerei.«

Colette geht vor mir durch den langen, langen Flur, dessen Bild ich schon vor meinem geistigen Auge gesehen hatte, als mein Herz vor Freude einen Sprung macht, da mir plötzlich die Vorhersage der Wahrsagerin durch den Kopf schießt: »Sie werden eine unverhoffte Begegnung haben, nicht weit entfernt von einem Bahnhof, vielleicht sogar in einem Zug, und Ihr ganzes Leben wird dadurch vollkommen auf den Kopf gestellt.«

Wie hätte ich wissen können, dass mit dem Bahnhof und den Zügen, von denen sie sprach, die Anlage von Léon Capliet gemeint war? Wie hätte ich ahnen können, dass die SNCF mit dieser Geschichte nichts zu tun hatte? Ich betrachte Colette, die vor mir herläuft. Die sich ab und an lächelnd umdreht, wie um sich zu vergewissern, dass ich noch immer da bin, wie um sicherzugehen, dass sie mich nicht verliert. Ich habe Tränen in den Augen. Ich sehe nichts mehr. Bevor ich noch gegen irgendein Möbelstück oder eine offenstehende Tür renne, strecke ich meine Hand aus und ergreife ihr Handgelenk, sodass sie stehen bleibt. Ich drehe Colette zu mir her, nehme sie in den Arm und drücke sie an mich, dass wir fast keine Luft mehr bekommen. Sie erwidert meine Umarmung sogleich, umschlingt mich, kuschelt sich an mich, schmiegt sich an mich, hält sich an mir fest. Ich schließe die Augen, atme ihren Duft, und für ein paar Sekunden, die mir wie eine Ewigkeit vorkommen, bleiben wir so stehen, bis ich den Kopf zu ihrem immer noch glücklich lächelnden Gesicht herunterneige und sie mit einer zärtlichen Leidenschaft küsse, von der ich bisher gar keine Ahnung hatte, die in mir aufsteigt, aus mir heraussprudelt und uns mit sich reißt.

»Komm ...«, sagt Colette lachend.

Wir gehen in ihr Mädchenzimmer, angefüllt mit Zeichnungen, Skizzen, Aquarellen, Gemälden, für die ich mich später noch begeistern werde. Sie lässt sich auf das Bett fallen, zieht mich mit sich und erwidert auf eine so hinreißend ungestüme Art meinen Kuss, dass sie mich damit völlig verzaubert und auf Planeten befördert, auf die bestimmt noch nie jemand einen Fuß gesetzt hat. Meine Hände wandern über ihren Körper, ihre über meinen. Was ich mache, macht sie: Ich küsse sie, sie küsst mich, ich streichele sie, sie streichelt mich – bis zu dem Gedanken »ich liebe sie, sie liebt mich« ist es nur ein kleiner Schritt.

Wir lassen kurz voneinander ab, um wieder zu Atem

zu kommen. Ich stütze mich auf meinen Unterarm, über sie gebeugt.

»Colette, ich liebe dich, wie ich noch nie jemanden geliebt habe. Würdest du mich heiraten?«

Sie lächelt, gedankenverloren wischt sie sich eine Träne fort, die ihr gegen ihren Willen über die Wange kullert, und sagt:

»Also, wenn das so ist, habe ich etwas für dich.«

Mit einer neuen Perspektive durchschreiten wir jetzt in umgekehrter Richtung den Flur, der uns in die Welt der Erwachsenen zurückbringt, die dort hinten ganz am Ende liegt, wir sehen jetzt alles in einem anderen Licht, und es ist klar, wo es langgeht. Unsere Hände umklammern sich so fest, dass wir sie fast zerquetschen. Wir sind jetzt ganz still miteinander, während ich mir sage, dass André schon wieder recht gehabt hat (»Du wirst sie nicht finden, indem du sie suchst«). Und dann, ich kann mich nicht dagegen wehren, muss ich es schnell durchrechnen: Colette ist im dritten Jahr der Bildenden Künste, im Idealfall hat sie mit siebzehn Jahren Abi gemacht, dann wäre sie jetzt zwanzig, und wir müssten zehn Jahre auseinander sein. Das ist ja nicht der Rede wert, man hat schon Schlimmeres gesehen, und außerdem ist es vollkommen egal, denn wir lieben uns ja.

»Wie alt warst du, als du Abi gemacht hast?«, frage ich sie.

»Achtzehn. Warum?«

»Ach, egal … nur so …«

»Ich werde bald einundzwanzig, wenn es das ist, was du wissen willst. Und du?«

»Was ich?«

»Wie alt warst du, als du Abi gemacht hast?«

»Dreißig.«

»Du warst dreißig, als du Abi gemacht hast?«

»Nein. Ich werde bald dreißig. In weniger als drei Wochen.«

»Und womit könnte man dir zum Geburtstag eine Freude machen?«

Aber ich habe keine Zeit mehr zu antworten. Wir lassen unsere Hände los und öffnen die Tür in dem Moment, als die Capliets sich gerade wieder ihre Gläser kaltstellen wollen.

»Und, gefällt es Ihnen?«, fragt mich Madame Capliet und meint Colettes Arbeiten.

»Ja, unendlich«, antworte ich und meine Colette selbst.

Dann gehen wir rüber zum Tisch, denn sonst ist das Essen nachher nicht nur verkocht, sondern schwarz.

Wir setzen uns, und als alle beisammen und die Capliets noch nicht wieder hierhin oder dorthin verschwunden sind, um den Wein zu holen oder die Vorspeise, räuspere ich mich und springe sozusagen vom höchsten Meterbrett – nicht nur ohne vorher die Temperatur gefühlt zu haben, sondern auch ohne zu wissen, ob überhaupt Wasser im Becken ist:

»Arlette, Léon, es ist mir eine große Ehre …« (unterm Tisch streife ich mir die etwas zu kleinen weißen Handschuhe über, die Colette mir eben für diesen Anlass gegeben hat, als sie sagte »Warte, ich habe etwas für dich«) »… es ist mir eine große Ehre, um …« (der linke Handschuhe sitzt, ich nehme den zweiten in Angriff) »… um die …« (das zieht sich, ich habe ein bisschen Probleme, denn die rechte Hand ist ja immer etwas kräftiger als die linke, zumindest bei Rechtshändern) »… um die« (so, Gott sei Dank, ich hab's geschafft, beide Handschuhe sind drauf) »… um die Hand Ihrer Tochter anzuhalten.«

Ich stehe auf, mit weißen Handschuhen, wie es die Tradition verlangt, und ich weiß nicht, warum ich feierlich hinzufüge:

»… die hier anwesend ist.«

Der helle Wahnsinn, wie im Traum, sie sind einverstanden und wirken kaum überrascht, dafür selbst sehr glücklich. Monsieur Capliet beschließt, dass wir Champagner zum Essen brauchen, schließlich passiert so etwas nicht alle Tage, und beim Essen geht es dann ausgesprochen fröhlich zu, ich habe den Eindruck, dass alle zehn Minuten ein Korken knallt. Nach dem Essen lege ich Colette den Arm um die Taille, und sie lehnt sich an mich. Ich sehe, dass ihre Maman ganz schön glücklich und trotzdem gleichzeitig ein bisschen traurig ist, diese unbestimmte, für mich noch so ferne Traurigkeit, die man verspürt, wenn einem plötzlich klar wird, dass man selbst nicht mehr im Alter seiner Kinder ist. Ihr Vater hingegen will uns zur Feier des Tages unbedingt noch einmal seine Züge vorführen. Er vertut sich mit den Knöpfen, es war doch reichlich Champagner, und verursacht eine spektakuläre Karambolage, zum Glück ohne Schwerverletzte. Trotzdem zeigt das Unglück, dass man auf Alkohol am Steuer konsequent verzichten sollte, wenn man nicht entgleisen will.

Colette hat sich an mich gekuschelt, ich spüre jede noch so kleine Bewegung, die sie macht, jeden Atemzug. Ich bin glücklich. Das ist der schönste Abend in meinem Leben.

20

Und was danach geschah

Keine zwei Monate später haben Colette und ich geheiratet. Es war ein sehr schönes Fest. Noch nie hat es so ein schönes Fest gegeben.

Madame Capliet sagte mir, dass die Papeterie gerade gut liefe, aber dass sie den Laden ein bisschen überhabe und mir gerne die Geschäftsführung des *Stylo de Vénus* übertragen würde, wenn ich einverstanden wäre. Das war ich, keine Frage. Unter einer einzigen Bedingung: Sie müsse sich von ihrem Schwiegersohn bedienen lassen, wenn sie zukünftig ins Geschäft käme.

Monsieur Capliet hat uns eine kleine süße Wohnung geschenkt, ideal für ein junges Paar, die er zur Zeit des Lottogewinns gemeinsam mit dem Geschäft gekauft hatte, im gleichen Haus, drei Etagen höher. Praktisch.

Sein Schienennetz wächst immer weiter. Er überlegt schon, es auch aufs Nachbarzimmer auszuweiten.

Meine Mutter ist sehr glücklich, so eine schöne Schwiegertochter zu haben, aber gleichzeitig unendlich traurig darüber, dass sie niemals unser erstes Kind kennenlernen wird. Neun Monate, das liegt außerhalb ihrer Vorstellungskraft. Inzwischen hat sie zu stricken begonnen – ausschließlich mit blauer Wolle, als wolle sie das Schicksal zwingen –, auch wenn sie bei jeder neuen Masche, die sie aufnimmt, davon überzeugt ist, dass sie keine Zeit mehr haben wird, die nächste Reihe abzuschließen. Das heißt, natürlich lebt sie immer noch, und wir sehen uns mit einem riesigen Berg Babykleidung aus blauer Wolle konfrontiert.

Mein Vater hat sich zu guter Letzt doch noch erfolgreich auf eine Stelle beworben – dass er es schon achtmal versucht hatte, hatte er uns bis dahin verschwiegen. Er wird jetzt Tierarzt im Zoo de Vincennes und lebt förmlich auf bei der Vorstellung, doch noch Tiger, Strauße, Dromedare, Lamas und Kobras behandeln zu dürfen.

Francine hat ihre Prüfungen bestanden. Alle. Sogar ihre Prüfung in Sachen Liebe, sie hat sich nämlich mit einem jungen Mann verlobt, der noch dazu einen ganz guten Eindruck macht. Im Moment steht keine Hochzeit in Aussicht. Sie wollen einige Zeit zusammenleben, um sicher zu sein. So viel Geduld hätte ich bei Colette niemals gehabt.

Louise lebt, wie geplant, auf dem Land, mit ihrem Mann. Sie erwartet ein Kind. Neulich ist sie in der Papeterie vorbeigekommen. Sie ist so schön wie je zuvor, ihre Beine reichen immer noch bis zum Himmel, nach wie vor hat sie keine kurzen Haare.

Mit Yvette und Sandrine, den beiden Unzertrennlichen, habe ich mich geeinigt: Sie bleiben im Laden, auch wenn ich Geschäftsführer bin. Tatsächlich gestanden sie mir kurz danach, dass sie große Angst gehabt hätten, gefeuert zu werden. Ich frage mich, wie sie darauf kommen. Aber mit Ängsten ist das eben so, darüber lässt sich mit Vernunft nicht diskutieren.

In der Zeitung habe ich einen Artikel über die große schwarze Pianistin gelesen: Sie gibt quasi in ganz Europa Konzerte, und der Erlös geht an Kinder aus ihrem Heimatland. Auf der Bühne spielt sie nicht im Negligé. Die Zuschauer wissen nicht, was sie verpassen.

Amandine arbeitet immer noch als Kellnerin im *Chez Raoul*. Ich sehe häufig, wie ein junger Typ mit einem Roller auf sie wartet, auf den sie sich schwingt, als wäre es ein Pferdesattel. Sie schmiegt sich an ihn, und sie brausen davon, wohin genau, weiß ich nicht, aber ich bin mir sicher, dass es irgendein außergewöhnlicher Ort ist, wo sie Sex haben. Falls sie immer noch so risikofreudig sein sollte.

Colette studiert nach wie vor an der École des Beaux-Arts. Sie ist begabt. Wirklich begabt. Sie hat immer noch kurze Haare. Ich habe sie noch nie Kaugummi kauen sehen. Wir haben ihr Bild von *La Samaritaine und Pont Neuf* abgeholt, um es bei uns zu Hause aufzuhängen. Schließlich war sie doch noch einverstanden, es zu signieren: »Colette«, unten rechts, mit der gleichen kindlichen Schrift wie Albert Marquet. Sie arbeitet hier und da, macht Trompe-l'œil-Malereien auf Hausbesuch und Porträts auf der Basis von zugesandten Fotos, malt für sich selbst, wann immer sie Zeit dafür findet, stets nach der Natur: das Ufer der Marne, die Seine, Lastkähne, Schleusen, Brücken. Sie malt ausschließlich gegenständlich, Dinge, die irgendwie mit Wasser zusammenhängen, sicher wird sie demnächst eine Ausstellung haben. Ich selbst habe wieder mit der Aquarellmalerei angefangen, der ich mich als Jugendlicher einmal vorsichtig genähert hatte, und so begleite ich sie fleißig und sitze neben ihr im Gras.

André ist nach Indien zurückgekehrt, um dort mit seiner Tänzerin-Sängerin-Schauspielerin zu leben. Er ist sehr glücklich. Will nicht mehr nach Frankreich zurückkommen. Ich habe ihn gebeten, mir im Anhang einer Mail ein Foto seiner Geliebten zu schicken. Er hat es mehrfach versucht, aber ich habe das Bild nie öffnen können. Wir werden also hinfahren, um sie kennenzulernen.

Das werden unsere Flitterwochen sein.

Werde Teil der Bastei Lübbe Welt
www.luebbe.de/Meinewelt
Lesen, rezensieren, Bücher gewinnen
Lerne Autoren, Verlagsmitarbeiter und andere Leser kennen
You Tube